창의력, 꽃에게 길을 묻다

창의력, 꽃에게 길을 묻다

초판 1쇄 인쇄   2011년 7월 21일
초판 1쇄 발행   2011년 7월 28일

지은이   승영조
펴낸이   김진수
펴낸곳   사문난적

편집   김동섭
영업   임동건

출판등록   2008년 2월 29일 제313-208-00041호
주소   서울시 성북구 동선동 5가 20번지
전화   편집 02-324-5342, 영업 02-324-5358
팩스   02-324-5388

ISBN 978-89-94122-22-9

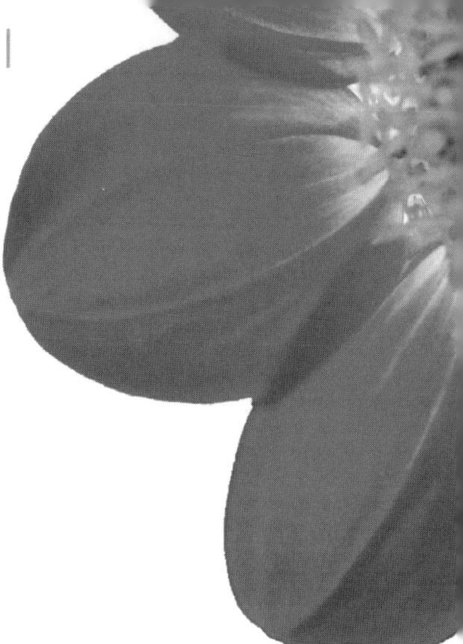

아빠와 딸이 함께 하는 창의력 오딧세이

모든 학생 모든 사회인 모든 어머니를 위한

창의력, 꽃에게 길을 묻다

창의력은 최악의 상황을 최고의 기회로 만드는 것

창의력은 괴로움을 후벼 파서 코딱지로 만드는 것

창의력은 잘 살고 더 잘 살고 소망하는 삶을 사는 것

승영조 지음

사문난적

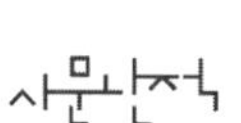

차 례

앞풀이

"세람아! 세람아!"

"아빠, 왜?"

"이번에 창의력 책을 내게 됐다."

"앙?"

"그래. 문학평론가이신 출판사 사장님께서 내 글의 진가를 인정했다는 거 아니냐."

"오오! 잘 됐네? 그럼 나 용돈 좀 주라."

-.,-;

"누가 들으면 생전 용돈을 안 준 줄 알겠다."

"거의 사실이잖아?"

"좋아. 이번에 아주 두둑~이 챙겨주마."

“오오!”

“대신 책에 넣을 삽화를 그려야 해. 네가! 마침내 화가로 데뷔하는 거야!”

“오오!”

“그래서 책의 구성에 대해서 생각해봤는데, 너한테 이야기하는 식으로 자연스럽게 쓰려고 해. 반말 투로. 네 이름도 가끔 불러가면서 말이야.”

“앙? 내 이름?”

“세람. ‘세상 제 마음대로 사는 사람’의 첫 글자와 끝 글자. 이거 6개월 동안 내가 고심해서 지었다는 거 알지? 좀 써먹자.”

“좋아. 근데 세상에 공짜 없는 거 알지? 개런티 내놔.”

-.,-;

“우정출연 안 될까?”

“좋아, 봐줬다. 근데 아빠는 창의력 책까지 내는 사람이 어째 돈을 못 버냐?”

“……돈 대신 다른 걸 벌었다.”

“뭐?”

“깊은 맛이랄까? 자유에 취하고, 아름다움에 대취하고, 고요함과 그리움에 취해 살기도 했지.”

“흥!”

“그리고 너를 잘 키웠지.”

"흥!"

"너는 스스로 가고 싶은 길을 가고 있잖아? '세상 제 마음대로 사는 사람' 이라는 네 이름에 걸맞게. 그거 대단한 거야."

"그래도 창의력으로 돈 좀 벌어보지 그래?"

"좋다! 10년만 기다려라. 우주여행 시켜주마!"

"오오! 기대된다. 근데 다른 건 국물도 없고 우주여행만?"

"흠! 흠! 우주여행을 하는 마당에, 그 이하는 말해 봐야 입만 아프지!"

Boys, be ambitious. Be ambitious
Not for money, or for selfish agrandizement.
Not for that evanescent thing which men call fame.
Be ambitious for that attainment of all
That a man ought to be.

소년들이여, 야망을 품어라. 야망을 품되
돈이나 이기적인 출세나 명성이라는
덧없는 것을 갈망하지 말고
사람으로서 마땅히 되어야 할
그런 존재가 되기를 갈망하라.

"소년들이여, 야망을 품어라!"
이 말을 한 사람은 윌리엄 클라크라는 교육자.
지금도 살아 있다면 이렇게 말을 바꿀 거야.
"소년 소녀들이여, 창의력을 길러라!"

세상에 창의력보다 더 값진 보물은 없어.
이 책은 창의력의 보물 지도와 같아.
보물섬으로, 보물별로 안내하는 길잡이!
놀라운 보물을 찾아 모험을 떠나보자!

이 책은 보물이 묻힌 곳으로 안내해 주지만
보물을 캐내는 것은 손수 해야만 해.
스스로 노력해서 얻은 것이 아니면
자기 것이라고 할 수 없거든.

세상이 발칵 뒤집어졌다

“필요는 발명의 어머니”라는 말 들어봤지? 발명가 에디슨이 한 말이라는데, 이게 진작에 “발명은 필요의 어머니”로 뒤집어졌다는 거 알아?

3M이라는 회사에서 많은 돈을 들여서 강력 접착제 연구를 했어. 그래서 발명품을 내놓았는데, 아니 이런! 접착제가 붙기는 잘 붙는데, 떨어지기도 잘 떨어져. 회사에서는 접착제 발명에 실패했다고 생각했어. 그런데 발명은 필요의 어머니! 몇 년 동안 창고에 처박혀 있던 접착제가 광명을 찾았어. “포스트잇”이라는 메모지붙임쪽지 알지? 잘 붙고 잘 떨어지는 접착제로 붙임쪽지를 만든 3M사는 작은 돈벼락을 맞았어.

인간은 재주도 많고 필요한 것도 많아서, 한도 끝도 없이 계속 뭔가를 발명하고 있어. 필요한 게 있어서 그걸 만들어내면 필요한 게 줄어들어야 할 것 아냐? 근데 얄궂게도 필요한 것을 발명하면 할수록 오히려 필요한 게 몇 배로 더 늘어나. 발명은 필요의 어머니라서.

아주 멀리서도 서로 대화를 주고받을 필요가 있다. 그래서 유선전화를 발명하니까 무선전화가 필요해지고, 더 작고 가벼운 휴대전화가 필요해져. 목소리만이 아니라 글과 영상을 주고받을 수 있는 기능도 필요해져. 이제는 휴대전화로 인터넷도 하고 음악도 듣고, 은행 거래에 주식투자도 하는데, 무슨 야한 방송까지 한다네? 필요한 기능의 한계는 인간 상상력의 한계야.

뭐니 뭐니 해도 최고의 발명품은 컴퓨터일 거야. 컴퓨터는 그야말로 삽시간에 세상을 발칵 뒤집어놓았어.

과학기술이 발달하면서 아주 복잡한 계산을 하게 되자 자동계산기가 필요해졌지. 제2차 세계대전 때 처음 만든 디지털 컴퓨터는 단순한 계산기였어. 컴퓨터computer라는 말이 원래 계산기라는 뜻이야. 컴퓨터를 발명한 순간, 필요한 게 백 배, 천 배, 아니 만의 만 배의 만 배로 늘어났어. 이 발명이 무슨 필요를 낳았는지는 말 안 해도 대충 알겠지? 암튼 이제 컴퓨터가 없으면 인간은 제대로 할 수 있는 일이 거의 없어. 그리고 컴퓨터 덕분에 엄청난 연구도 할 수 있게 되었지. 예를 들어 유전자 연구가 가능한 것도 컴퓨터가 있기 때문이야.

발명을 할수록 필요한 게 더 많아지듯, 인간은 알면 알수록 모르는 게 더 많아져. 묘한 이 역설을 이해하겠지? 예를 들어 인간이 유전자에 대해 눈곱만큼 알게 된 순간, 알아야 할 것(모르는 것)이 느닷없이 태산만큼 불어나서, 수많은 과학 영재들이 유전자 연구에 매달리게 되었어.

이런 식으로 오늘날에는 지식이나 정보가 산술급수가 아니라 기하급수로 늘어나고 있어. 그러니까 정보량이 2, 4, 6, 8, ……10, 12배로 늘어나는 게 아니라, 2, 4, 8, 16, …524, 1048배로 늘어나는 거야. 이런 정보의 폭주를 앨빈 토플러라는 미래학자가 "제3의 물결"이라고 했다는 거 들어봤지? 알다시피 제1의 물결인 농업혁명, 제2의 물결인 산업혁명, 그리고 제3의 물결인 정보혁명이 차례로 인간 세상을 말 그대로 왕창 갈아엎었어.

무엇보다 중요한 것은 이제 세상이 너무나 빨리 변한다는 거야. 농업혁명으로 한 1만 년 동안 농업사회가 진득하게 지속되었는데, 300년 전쯤 산업혁명이 일어나자 세상은 숨 가쁘게 변하기 시작했어. 그리고 300년 만에 세상이 완전히 뒤집어졌지. 이어서 컴퓨터가 개발되고, 30년 전쯤부터 개인용 컴퓨터PC가 널리 보급되자 세상은 또 다시 발칵 뒤집어졌어. 이번에는 불과 30년 만에 세상이 전혀 딴판이 되고 만 거야.

내가 어릴 때만 해도 우리나라에서는 너나없이 고무신을 신었고 농촌 인구가 70퍼센트에 이르렀어. 그런데 몇 십 년 만에 인공위성을 쏘아 올렸고, 농촌 인구는 이제 8퍼센트도 안 돼. 세상이 얼마나 급변했는지 알만하지?

이제 우리는 제4의 물결을 맞이하고 있어. 제4의 물결이 어떤 것일지 아직 정확히는 알 수 없지만, 정보혁명을 예견한 앨빈 토플러는 바이오-우주 혁명생물학과 우주를 결합한 혁명이 제4의 물결이 될 거라고 2006년에 예견했어. 한 20~30년 지나면, 그러니까 2030년쯤 되면, 또 엄청나게 달라진 세상을 살고 있을 거라는 이야기야. 세상이 크게 변하는 건 둘째 치고 이번에는 인간 자체가 확 달라질 거라고 하네? 이렇게 급변하는 시대에 우리는 어떡해야 좋을까?

답은 물론 창의력을 길러야 한다는 거야.

산업혁명은 물론이고 정보혁명을 가능케 한 원동력! 앞으로 바이오-우주 혁명까지 일으킬 원동력! 그게 뭔지 말하지 않아도 알 거야. 알고 보면 농업혁명도 창의력 덕분이라고 할 수 있어. 세상을 뒤집어놓은 혁명은 다 창의력이 일으킨 거야.

앨빈 토플러는 "힘의 이동"이라는 재미난 이야기를 했어. 인간 세상을 지배하는 힘의 중추가 처음에는 폭력이었다가 다음에는 금력 **돈**으로, 현대에는 정보력으로 이동해 왔다는 거야. 그렇다고 해서 폭력과 금력이 어디로 간 건 아니야. 도올 김용옥 선생은 정보력을 접어두고, 폭력과 금력과 매력이 세상을 지배하고 있다고 역설했어. 그러니까 오늘날의 세계를 지배하고 있는 주된 힘으로 폭력, 금력, 정보력, 매력, 이 네 가지 정도를 꼽을 수 있을 거야.

근데 알고 보면,
이 네 가지 힘을 불도저 앞의 땅강아지, 스컹크 앞의 방귀쟁이, 보름달 아래 반딧불이로 만들어버리는 위대한 힘이 따로 있어. 바로 창의력! 농업혁명과 산업혁명, 정보혁명을 일으킨 창의력보다 더 센 힘이 있으면 나와 보라고 해.

PC 보급과 더불어 정보혁명이 일어났다고 했지? 오늘날 세계가 급변하게 된 핵심 기폭제인 PC에 얽힌 재미난 일화 하나 들려줄게.

1970년대 말에 애플이라는 회사에서 만든 PC가 불티나게 팔리기 시작했어. 그러자 중대형 컴퓨터만 만들던 IBM에서도 부랴부랴 PC를 만들어서 1981년에 첫 선을 보였지. PC를 돌리려면 운영체계 OS라는 소프트웨어가 필요해. IBM에서는 그걸 게리 킬달에게 만들게 하려고 했어. IBM에서는 워낙 비밀리에 일을 추진했기 때문에 게리 킬달은 IBM 사람들이 왜 만나자고 하는지 몰랐지. 그는 워낙 유명하고 바쁜 사람이어서 IBM을 무시해 버리고 말았어.

결국 우여곡절 끝에, 우연히, 너무나 재수 좋게, PC 운영체계를 만드는 일이 빌 게이츠에게 뚝 떨어졌지. 빌 게이츠는 우연한 기회의 대머리를 확! 부둥켜안아서 세계 최고의 갑부가 되고 말았어! 단 한 방에! 이게 또 창의력의 힘이야.

1981년에 빌 게이츠의 연구원으로 동참한 찰스 시모니**액셀 개발자도** 엄청난 갑부가 되어, 6천만 달러**700억 원 정도**를 내고 두 차례에 걸쳐 우주여행을 즐겼다는군. 우주여행에 환장을 해서라기보다, 일반인 우주여행을 그런 식으로 뒷바라지한 거야. 몇 년 후에는 2억 원이면 될 거라던데? 또 몇 년 후에는……, 너나없이 우주로 신혼여행을 떠나려고 할 거야. 앨빈 토플러가 괜히 바이오-우주 혁명 이야길 했겠어? 세상이 숨 가쁘게 변화하고 있는 게 진짜 실감나지?

빌 게이츠는 당시 베이직 프로그램을 만들어 유명해진 사람이었어. PC 운영체계는 자기가 만든 게 아니라, 다른 사람의 기초 프로그램을 사들이고 또 다른 전문가를 고용해서 만들었지. 게리 킬달의 프로그램을 베꼈다는 혐의까지 받았어.

어쨌거나 빌 게이츠는 "준비된 사람"이었어. 그래서 다시 말하면, 억세게 운 좋은 사람이 아니라 "준비된 사람"만이 기회를 잡을 수 있다고 할 수 있지.
인 거야.

자, 이제 준비하자.
두 말 말고 직접 창의력을 느껴보자.
창의력이 용솟음치는 것을!

얄궂데이, 시상이 디비졌다꼬예?
위매, 위치크럼 그랄 수 있당가?
게메 마씀, 키 눈이 왁왁허우다!
(그르게유, 키랑 눈이 캄캄허유!)

# 내 생일, 선물 드리기
고정관념은 창의력의 감옥

한 소년이 치과에 갔다.

소년은 치과의사의 아들이었다.

그런데 치과의사는 소년의 아버지가 아니었다. 어떻게 이런 일이?

내가 어릴 때만 해도 이건 무진장 어려운 퀴즈였어. (치과)의사는 다 남자다! 이런 고정관념이 머릿속에 콕 박혀 있었거든.

물론 이 치과의사는 소년의 엄마.

나는 아버지의 정자와 어머니의 난자가 만나 태어났어. 너도 물론이고, 고양이, 쥐, 새, 뱀, 개구리, 물고기, 매미, 잠자리도 마찬가지야. 사람들이 그런 사실을 알게 된 지 얼마나 되었을까?

놀랍게도 100년이 조금 넘었을 뿐이야. DNA의 정체를 살짝 알게 된 건 70년 전쯤이지. 그 전에는 거의 모든 사람들의 생각이 순 엉터리였어. "아버지 날 낳으시고 어머니 날 기르시니." 요따위로 생각했지. 남자가 씨를 뿌려 아이를 만들고, 여자는 밭을 빌려줄 뿐이라고 생각한 거야. 100년 전 인간이 그렇게나 무식했다니, 참 믿기지 않지?

그런데 오늘날에도 자기가 어떻게 태어났는가를 깊이 생각해 본 사람이 많지 않은 것 같아. 너는 어떻게 해서 태어나게 되었을까? 뭣이? 엄마 아빠가 붕가붕가를 해서 태어났다고? 뭐, 그것도 필요한 과정이긴 했지. 하지만 그 무엇보다도, 너를 태어나게 한 결정적인 존재가 있어. 부모님이 아니고, 하느님도 하나님도 아니고, 알라도, 부처도 아닌 존재가 있어. 제일의 결정적인 존재가.

우선 정자에 대해 알 필요가 있겠어. 정자를 처음 제대로 관찰한 것은 1677년이래. 네덜란드의 레벤후크라는 사람이 현미경을 만들어서 정자를 관찰한 후 그림을 그리고 관찰 기록을 써서 세상에 널리 알렸지. 그 후 한동안 사람들은 이 정자 속에 작은 인간**호문쿨루스-**homunculus이 들어 있다고 믿기도 했어.

성인 남성은 하루 몇 억 마리의 정자를 생산하는데, 사정을 하지 않으면 분해되어 흡수된 후 새로 정자를 만드는 데 쓰인대. 남녀가 성행위를 하면 대체로 2억 마리쯤의 정자가 남자의 몸속을 빠져나가 여자 몸속에 있는 난자를 향해 기어가기 시작해. 기어가는 속도가 빠르면 1분에 3밀리미터! 느리긴 하지만 그래도 길 수 있다는 게 어디야?

네가 정자였을 때를 한번 상상해 봐. 수많은 정자 가운데 딱 하나가 바로 너였어. 물론 반쪽이지. 다른 반쪽인 난자를 만나야만 네가 태어날 수 있어. 반쪽들 약 2억 명이 경주를 해서 오직 1등만이 태어날 수 있어. 태어나기 위해 정자들끼리 서로 협력을 한다는 멋진 이론도 있지만, 어쨌거나 1등만이 태어나는 거야. 공동 1등이 두 명이면? 쌍둥이가 태어나는 거지. 중요한 것은 네가 1등을 하기 위해 안간힘을 다해 박박 기어갔다는 거야. 부모님은 이 경주를 출발시키기만 했어. 조물주가 있다고 해도 마찬가지야. 태어나기 위해 온 힘을 다해 기어간 것은 바로 너 자신이었어!

너더러 태어나라고 강제한 존재는 없어. 하느님이 그런 걸 강제하거나 명령하거나 지정했을까? 그렇다면 정자가 2억 마리씩 필요가 없고, 똑똑하고 건강한 녀석으로 한 마리만 있으면 되는데 뭐 하러 낭비를 하지? 암튼 하느님이든 부모님이든 네가 태어날 기회를 주었을 뿐이야. 네가 스스로 발버둥을 치며 기어가서 기회를 와락 붙잡은 거지. 그러니 결국 너 자신의 눈물겨운 노력 덕분에 네가 태어나게 된 거야.

"나를 태어나게 한 것은 사실상 나 자신이다!"
"미래의 나를 만들어갈 사람도 나 자신이다!"

그러니 "나는 왜 이렇게 못 생겼어?" "나는 왜 이렇게 머리가 나빠?" 하고 부모님을 원망할 수는 없어. 너는 억지로 태어난 것이 아니라 태어나고 싶어 발버둥을 쳤으니까.

왜 그렇게 간절히 태어나고 싶어 했을까? 그건 차차 생각하기로 하고, 아무튼 너는 결코 마지못해 태어난 것이 아니라는 사실이 중요해. 그리고 수억 명을 제치고 1등을 해서 태어난 것은 축하를 받을 만한 일이야. 그러니 부모님이나 친구들한테 생일 축하선물을 받을 만하지.

이 세상에 태어났다는 건 정말 기념할 만한 일이야. 무한한 우주의 한 귀퉁이에 있는 푸른 지구에서 인간으로 태어났다는 건 그야말로 기적 중의 기적이거든. 그래서 동서양을 막론하고 생일잔치를 열심히 해. 생일 〈축하선물〉도 꼬박꼬박, 넙죽넙죽 챙기고 말이야.

그런데 관점을 한번 뒤집어보자.

창의력은 관점 바꾸기

어떤 영화, 어떤 책을 봐도, 생일 〈감사선물〉을 부모님께 드리는 걸 못 봤어.

"생일 감사선물? 그런 말도 있어?"

정자 시절에 맹렬히 경주를 한 이유는 간절히 태어나고 싶었기 때문이야. 그토록 태어나고 싶어 몸부림칠 때, 태어날 만반의 준비를 딱 갖추고 있을 때, 적시에, 너무나 고맙게도, 떡 하니 탄생의 기회를 베풀어 준 것이 누구지? 태어나고 싶어 안달복달을 하고 있을 때, 적시에 탄생의 길을 열어준 게 누구지?

적시에 기회를 주지 않았다면 정자였던 너는 금세 분해되어 사라지고 말았을 거야. 난자는 며칠 더 살았겠지. 어때, 아찔하지?

그러니 하느님이나 하나님, 알라, 부처, 조로아스터, 브라흐마, 옥황상제, 천지신명이나 일월성신에게는 아니라도, 부모님께만은 생일 〈감사선물〉을 드려야 마땅하지 않을까?

"나는 간절히 태어나고 싶어 했다!" 이것을 잊지 마. 탄생의 고마움도.

"아, 냅두지, 뭐 하러 기회를 줬어?"

"네가 태어날 기회를 달라고 아우성깨나 쳤거든. 감사선물 내놔."

"가져!"

"줘봐!"

"가지라니까?"

"아, 뭘?"

"나. 내가 바로 선물이야. 자, 선물 나가신다, 받아랏!" (포옹!)

꼬마가 돌을 옮기려 하고 있었다.

돌은 옴짝달싹도 하지 않았다.

아버지가 곁에서 지켜보다가 말했다.

"있는 힘을 다했어?"

"예! 젖 먹던 힘까지요!"

그러자 아버지가 웃으며 말했다.

"아냐, 너는 힘을 다하지 않았어.

(   ) 하지 않았잖아."

—꼬마가 미처 생각지 못한 힘은?

▶▶ 세계에는 두 가지가 있어. 내부세계와 외부세계. 다시 말하면 자기 안의 세계와 자기 밖의 세계. 꼬마는 자기(내부세계)의 힘을 다 써봤어. 그렇다면 이제 외부세계의 다른 힘을 찾아볼 때. 다른 힘 가운데 가장 가까이 있는 것은? (해답은 40쪽에)

재미있는 창의력 퀴즈가 하나.

옛날 영국의 총명한 숙녀 이야기야. 이름을 〈지혜〉라고 하자. 지혜의 아버지는 사업에 실패해서 큰 빚을 졌어. 빚을 갚지 못하면 오랫동안 옥살이를 해야 했지.

어느 날 마침내 단단히 벼르고 있던 빚쟁이가 찾아왔어. 빚쟁이는 성미가 고약하고 교활한 늙은이였지. 늙은 빚쟁이는 젊고 아리따운 지혜를 아내로 삼고 싶어 했어. 그래서 이렇게 말했지.

"지혜를 아내로 준다면 빚을 갚지 않아도 좋습지!"

그러자 지혜의 아버지는 펄쩍 뛰었어. 사랑스러운 딸을 고약한 늙은이에게 시집보낼 순 없었거든.

"정 그렇다면 우리 신에게 한번 물어보지비?" 이 빚쟁이는 어째 말투조차 얄궂고 밉살스러워.

"어떻게 말입니까?" 지혜의 아버지가 물었어.

"이 복주머니에 흰 조약돌과 검은 조약돌을 하나씩 넣고, 지혜더러 하나를 꺼내게 하는 겁지. 검은 조약돌을 꺼낸다면 내 아내가 되어야 합지. 물론 빚은 갚지 않아도 좋습지. 흰 조약돌을 꺼내면 내 아내가 되지 않아도 좋고, 빚도 갚을 필요 없습지. 이만하면 아주 자비로운 제안이 아니겠습지비?"

지혜의 아버지는 차라리 옥살이를 하는 게 낫겠다고 생각했어. 사랑하는 딸을 불행하게 만들지도 모르는 그런 도박을 하고 싶지 않았으니까. 하지만 효성이 지극한 지혜는 아버지가 옥살이하는 걸 결코 원치 않았어.

아버지와 딸은 옥신각신 얘기를 나누었어. 그동안 빚쟁이는 희고 검은 조약돌이 깔린 정원의 오솔길에서 조약돌 두 개를 집어 복주머니에 넣었지. 그런데 아니! 빚쟁이는 검은 돌만 두 개를 집어넣었어! 눈썰미가 좋은 지혜는 그걸 놓치지 않고 바라보았지.

어느 것을 꺼내든 검은 조약돌을 꺼내게 될 거야. 그러면 늙은 빚쟁이와 결혼해 살아야 해. 지혜는 효성이 지극하니까 자신을 희생시키고 아버지를 구해야 할까? 아니면 빚쟁이의 제안을 거절할까? 아버지가 옥살이를 하게 되어도 그야 어쩔 수 없는 일이니까?

다른 좋은 수가 없을까?

지혜는 빚쟁이에게 다가갔어. 빚쟁이는 복주머니를 내밀며 어서 꺼내보라고 재촉했지. 두 개의 조약돌을 모두 꺼내 속임수를 폭로해 버릴까? 그러면 빚쟁이는 자기가 실수했다고 얼버무릴 거야. 그럼 그때 제대로 검은 돌과 하얀 돌을 하나씩 집어넣고 제대로 도박을 해볼까? 천만에. 최악의 상황을 최고의 기회로 만드는 것, 그게 바로 창의력의 위력이야. 지혜가 바로 그랬지. 어떻게 했을까?

창의력은 보이지 않는 것을 보여주는 능력

콜럼버스는 신대륙을 발견하지 않았다
창의력은 새로운 길을 찾는 것

"달걀을 뾰족한 부분이 밑으로 가게 해서 평면에 세워보라."

이건 모르는 사람이 없을 정도로 유명한 "콜럼버스의 달걀"

이라는 문제.

"달걀 옆에 뭐로 살짝 괴어주면 간단하잖아! 아님 강력 접

착제를 써. 하다못해 침 발라 모래라도 묻혀서……."

그렇게 도구를 사용하면 세우는 것이 아니라 기대거나 괴

어주는 것이 된다.

이탈리아 사람인 콜럼버스는 스페인의 이사벨라 여왕이 내준 배

를 몰고 1492년에 아메리카 대륙에 도착했어. 정확히 말하면 북아

메리카와 남아메리카 사이에 있는 섬(서인도 제도)에 도착했지. 그건 서

구인으로서는 최초의 일이었어. 그래서 콜럼버스는 너무나 유명한 인물이 되었지. 그런데 어떤 사람들에게는 철천지원수 같은 사람이 되었어. 누구한테? 물론 아메리카 인디언들에게.

아메리카 인디언들 처지에서는 당연히 이렇게 생각할 거야.

"뭐? 최초로 신대륙을 발견했다고? 우리가 까마득한 옛날부터 살고 있었는데, 남의 땅에 와서 최초로 뭘 발견해?"

신대륙을 발견했다고 건 서구인들이 자기들끼리 하는 소리야. 그들이 어떻게 말하든, 우리까지 덩달아 그렇게 말하면 곤란하지. 어떤 서구인이 처음으로 한반도에 와서, "내가 새로운 반도를 발견했다!"고 부르짖고 다닌다면, 그것이 우리에겐 귀신 씻나락 까먹는 소리 아니겠어?

콜럼버스는 아메리카를 처음 발견한 사람이 결코 아니야. 남들이 먼저 알고 있고, 심지어 수많은 사람들이 살고 있는 땅을 "발견했다"고 말하는 건 덜떨어진 사람들이나 하는 소리지. 콜럼버스는 다만 서구에서 아메리카로 가는 〈뱃길〉을 발견한 사람이야.

선생님이 학생들에게 콜럼버스의 항해와 아메리카 발견에 대한 이야기를 했다. 한 아이가 놀라서 입을 딱 벌리고 이야기에 빠져들었다. 이야기가 끝나자 선생님은 학생들에게 아메리카 발견에 관한 글을 쓰게 했다. 입을 다물지 못하던 아이는 다음과 같은 글을 썼다.

……콜럼버스는 마침내 신대륙에 도착했다. 배에서 내리자 원주민들이 보였다.

"여기가 아메리카입니까?" 콜럼버스가 물었다.

"기유." 원주민 추장이 대답했다.

"그럼 당신들이 인디언입니까?" 콜럼버스가 또 물었다.

"기유. 근디 임자가 콜럼버스인겨? 영어식으로는 크리스토퍼 컬럼버스, 임자네 모국인 이탈리아식으로는 크리스토포로 콜롬보, 스페인식으로는 크리스토발 콜론이라고 부르는 바로 그 사람이 맞는겨?" 추장이 물었다.

"예. 그렇습니다." 콜럼버스가 대답했다.

"증말?" 추장이 되물었다.

"옙!"

그러자 추장이 부족민들을 돌아보며 외쳤다.

"야덜아, 인제 쫄딱 망해 번졌다! 우린 발견되고 말았댜!"

서구에서 인도로 가려면 동쪽으로 항해해야만 한다고 다들 믿던 시절에, 콜럼버스는 서쪽으로 가도 인도가 나올 거라고 생각했어. 지구가 둥글다는 것을 믿고 정반대로 뒤집어서 생각했던 거야. 그래서 마침내 새로운 〈뱃길〉을 발견하고야 말았지.

서인도 제도에 도착한 콜럼버스는 그곳이 인도라고 생각했어. 〈서인도〉 제도라는 이름도 그래서 느닷없이 붙여진 이름이야. 또 그곳의 원주민 이름도 느닷없이 인디언인도 사람이 되고 말았어.

아메리카 항로를 발견한 콜럼버스의 업적을 기리기 위해 만찬회가 열렸는데, "서쪽으로만 가면 발견할 수 있는 걸 누가 못 해?" 하고 코웃음 치는 사람들이 많았다지?

그러자 콜럼버스가 문제를 냈는데, "콜럼버스의 달걀"을 아무도 세우지 못했어. 결국 콜럼버스가 달걀을 (아마도 우악스럽게) 탁 깨뜨려 세웠다는 거 알지?

"깨뜨리면 안 되는 줄 알았다. 그렇게 하면 누가 못 세우냐!"

사람들이 구시렁거렸어. 그러자 콜럼버스가 말했지. "남이 먼저 한 일은 쉬워 보입니다. 내가 신대륙을 발견한 것도 쉬워 보일지 모릅니다. 그러나 내가 출항할 때만 해도 여러분은 그걸 미친 짓이라고 말했습니다."

그런데 서구인들은 아직도 그걸 신대륙 발견이라고 말하고 있어. 그건 아메리카 원주민들을 인간으로 보지 않는 사고방식이야. 그런 땅이 있는 줄 몰랐는데, 이제 알았으니 그건 얼른 가서 땅따먹기 해야 할 신대륙이다! 이걸 좀 어려운 말로 하면 서구 제국주의적 관점이라고 해. 험하게 말하면 도둑놈 심보지.

서구인들이야 자기들 좋을 대로 그렇게 생각한다 치고, 우리나라에서도 그걸 "신대륙 발견"이라고 앵무새처럼 따라하는 사람들이 많으니 대체 정신이 있는 거야 없는 거야? 창의력을 기르려면 남들의 관점을 무조건 따르지는 말아야 해.

얄궂은 실험 하나.

심리 실험실에서 열 명의 어린이에게 색깔 실험을 했다. 흰색과 검은색 두 가지를 내보이고 어떤 색을 보았는지 묻는 실험이었다. 그런데 실험에 앞서 연구자는 9명의 어린이를 몰래 불러, 검은색은 모두 흰색이라고 대답하고, 흰색은 검은색이라고 대답하라고 미리 일러두었다. 실험이 시작되어 9명의 어린이가 차례로 흰색과 검은색을 반대로 말했다. 그러자 사정을 생판 모르는 마지막 열 번째의 어린이도 천연덕스럽게 다른 어린이들과 똑같이 반대로 대답했다. 나중에 열 번째 어린이에게 물어보니 이렇게 생각했다고 한다.

"혹시 내가 잘못 본 것이 아닐까? 본 대로 말하면 놀림당하지 않을까?"

열 번째의 어린이는 줏대 없이, 자기를 믿지 못하고, 남들 흉내를 냈어. 그래서 흰 것을 검다고 말하고, 검은 것을 희다고 말했으니 바보 같지? 하지만 세상에는 그런 일이 얼마나 많은지 몰라. 창의력을 기르려면 남들이 뭐라 하든, 자기 생각을 가져야 해. "놀림 받지 않을까?" 하는 나약한 생각을 하는 것도 곤란하지. 그리고 생각을 더욱 넓혀 가야 해. 그러면 마침내 "코페르니쿠스의 전환"을 할 수 있게 될 거야. 그리고 콜럼버스처럼 새로운 〈길〉을 발견할 수도 있을 거야.

　"미지의 조약돌" 문제에서 중요한 것은 답 자체가 아니야. 어떻게 답을 찾았는가가 중요해. 어떻게? 뒤집어 생각해서! 콜럼버스처럼 뒤집어 생각해야 〈조약돌〉 문제를 풀 수 있어.
　복주머니에서 어느 것을 꺼내든 그건 검은 조약돌이야. "검은 돌을 꺼낼 수밖에 없다. 그리고 꺼낸 것을 보여준다는 건 생각할 필요도 없이 당연하다"고 자기도 모르게 고정관념에 사로잡혀 있으면 문제를 해결할 수 없지.

창의력은 융통성 있고 유연한 사고방식!

　고정관념을 깨고 뒤집어 생각하면, 이런 발상이 가능해져. "어느 것을 꺼내든 검은 조약돌 하나를 〈안〉 꺼낸다. 꺼낸 것을 보여주는 게 아니라 〈안〉 꺼낸 것을 보여준다!" 이건 꺼낸 것을 보여줄 수밖에 없다는 무의식적인 고정관념을 깬 거야. 생각을 뒤집은 거지. 그런데 이건 생각을 넓힌 거라고 할 수도 있어. 꺼낸 것에서 꺼내지 않은 것으로! 눈에 보이는 것에서 보이지 않는 것으로! 드러난 것에서 감춰진 것으로! 이런 식으로 생각을 점점 넓혀 가면 멋진 창의력을 발휘할 수 있을 거야.

지혜는 파르르 손을 떨며 복주머니에 손을 넣었지. 조약돌을 꺼내다가 갑자기 땅에 떨어뜨리고 말았어. 발밑에는 희고 검은 조약돌이 깔려 있었다는 걸 기억하고 있겠지? 문제 해결을 위해서는 상황을 잘 파악할 필요가 있어.

“어머! 꺼낸 조약돌을 떨어뜨리고 말았어요. 어쩌면 좋죠? 아, 하지만 복주머니에 남아 있는 조약돌을 보면 제가 어떤 조약돌을 꺼냈는지 알겠네요. 검은 조약돌이 남아 있다면 흰 조약돌을 꺼낸 거니까요!”

이리하여 지혜는 빚쟁이와 결혼하지 않아도 되었고, 아버지는 빚을 갚지 않아도 되었고, 빚쟁이는 엿 먹은 벙어리가 되었다는 이야기.

무슨 발명품을 만들어내는 것만이 창의력의 목표가 아니야.

지혜처럼 창의력을 발휘해서 최악의 상황을 최고의 기회로 만드는 것! 불행을 행복으로 바꾸는 것! 소망하는 삶을 사는 것! 이것이야말로 창의력의 최고 목표.

보이지 않는 것을 보여줘!
최악의 상황이 최고의 기회가 될 거야!

창의력은 보이지 않는 것을 보여 주는 능력

이스라엘 병사들이 골리앗과 싸우고 있을 때,

병사들은 모두 이렇게 생각했다.

"골리앗은 워낙 덩치가 커서 우리는 이길 수 없어."

그러나 다윗은 반대로 이렇게 생각했다.

"골리앗은 워낙 덩치가 커서 (   )."

긍정적인 사고방식은 창의력의 젖줄.
"나는 뭐든 해낼(알아낼) 수 있다!"

▶▶ 다윗은 돌팔매의 명수. (해답은 40쪽에)

배짱이 짱
창의적인 사람은 놀림당하는 것을 겁내지 않는다.

알궂은 실험 이야기 안 까먹었지? 흰 것을 검다고, 검은 것을 희다고 말한 아이 말이야. 왜 그랬다고? 음, 놀림당할까 봐. 조롱당할까 봐. 왕따당할까 봐. 그런데 창의력을 기르려면 조롱당하는 것을 겁내지 말아야 해. 남들이 손가락질을 하며 비웃어도 아랑곳하지 않을 수 있는 배짱. 그런 배짱이 없으면 창의력이 풀이 죽고 말 수도 있어.

이 책을 새겨 읽기만 해도 어쩌면 창의력이 쑥쑥 자랄지 모르지만, 몸으로 직접 겪어보는 것보다 좋은 건 없지. 자, 문을 박차고 나가서 창의력의 꼬랑지를 확 잡아보자. 어떻게?

바지를 뒤집어 봐. 너덜너덜하지? 주머니가 덜렁거리고, 옷 솔기도 구질구질하고, 색깔도 뜨악할 거야. 웃옷도 뒤집어. 그리고 그걸 그대로 입는 거야. 이렇게 겉옷을 뒤집어 입은 채 당차게 학교로 가는 거지.

학교에서 난리가 날까?

친구들이 놀려대는 것은 당연하고, 선생님들조차 꾸지람을 하실까? 친구들이 뭐라든, 선생님이 뭐라든, 절대 변명을 하지 마. 어떤 책을 보니까 그렇게 해보라고 하더라, 이런 핑계도 대지 마. 그리고 다만 반응을 유심히 지켜보도록 해. 이건 관찰력을 기르는 비결이기도 하지.

"왜 옷을 그렇게 입었니?" 하고 선생님이 물으시거든, "제 패션 어때요?" 하고 되물어 봐. 호통을 치실까? 오오, 박수를 치셔? "당장 고쳐 입어!" 하고 윽박지르셔?

응? 용기가 없어서 못 하겠다고?

"도저히 못 하겠다!" 그건 멋진 인생을 포기하겠다는 소리야. 옷을 뒤집어 입을 배짱도 없으면 어떻게 생각을 뒤집지? 그리고 콜럼버스가 뒤집어 생각을 했다 해도, 배짱이 없었다면 정반대 방향으로 배를 몰고 가진 못했을 거야.

옷을 뒤집어 입는 것은 뒤집어 생각하기 위한 연습이야. 두둑한 배짱도 기르고. 옷을 뒤집어 입고 거리를 활보하면서, 이 세상에 뒤집을 만한 것이 또 뭐가 있을지 상상해 봐. 앙? 건널목에서 빨간 신호를 보고 돌진하는 투우 같은 자동차를 확 뒤집어 버려? 그래, 그

운전자 생각부터 뒤집자.

옷을 뒤집어 입는 것이 너무 낯 뜨겁다면, 우선 쉬운 것부터 해볼까? 왼쪽 신발과 오른쪽 신발을 짝짝이로 신어 봐. 왼쪽은 흰 운동화, 오른쪽은 빨간 운동화, 이렇게. 그리고 양말도 짝짝이로 신고, 바짓단을 접어 올리면 깜찍 발랄한 패션이 완성되겠지.

옷을 뒤집어 입는 것은 사실 서구에서 잠깐 유행했던 거야. 양쪽 색깔과 디자인이 다른 신발도 언젠가는 분명 유행하게 될 거야. 아니 왜 따분하게 양쪽 다 똑같은 신발에 똑같은 양말만 신느냐 이거야.

바지를 뒤집어 입는 것쯤은 일도 아닌 학생을 위한 제안. 바지 위에 팬티를 입는다. 이거야 물론 슈퍼맨이 먼저 저지른 만행이지. 하지만 가만 보면 슈퍼맨의 팬티는 속옷이라고 할 수가 없어. 수영복을 속옷이라고 하지 않듯이 말이야. 헐렁한 바지 위에 팬티를 걸쳐야 그것이 진정 옷을 뒤집어 입었다 할 수 있지.

뚱딴지가 창의력은 만점

이 패션에 신발과 양발은 벗어 던지고 맨발로, 바짓단 한 쪽 걷어 올리고, 도시의 거리를 활보해 보자, 까짓것! 그리고 자유가 용틀임하는 것을 느껴 보자!

자유로운 정신은 창의력의 원동력

** 24쪽 해답 : 도와달라고(아버지의 힘을 빌려달라고)
** 36쪽 해답 : 맞히기 쉬울 거야(돌팔매가 빗나가지 않을 거야)

세상에서 가장 위대한 질문
창의력에 눈뜬 사람은 가끔 다른 사람인 것처럼 자기 자신을 살펴본다

이 세상에서 가장 위대한 질문이라고 현자들이 말한 것! 세상에서 가장 어려운 질문이면서도 가장 쉬운 질문. 그건 바로 이거야.

"나는 무엇인가(누구인가)?"

"나는 나지 뭐야! 가장 위대하다는 질문이 뭐 이리 시시해?"

그럴까?

하지만 그리스도교에서도 이것을 가장 위대한 질문으로 꼽는다던걸? 이 질문을 한 이는 예수야. "너희는 나를 누구라 말하느냐?" (마태복음 16:15) 예수는 어떤 존재인가? 이것이야말로 그리스도교에서 가장 위대한 질문이 아닐 수 없어. 그리스도교의 답은? "예수는 구원자이며, 하느님하나님의 아들이다."

불교에서도 이보다 중요한 질문은 없어. 뒤에 가서 다시 이야기하겠지만, 이런 멋진 답이 있지.

"나는 너다!"

(또 뭔 귀신 씻나락 까먹는 소리람?)

암튼 두 가지 대답을 듣고 보니 새삼 질문이 범상치 않다는 걸 알겠지?

세상에는 70억 명이나 되는 사람들이 살고 있어. 그 가운데 똑같은 사람은 하나도 없지. 일란성 쌍둥이조차도 실은 같지 않아. 나무한테 물어볼까? "나무야, 너는 뭐지?"

"나는
참나무 중에서도
떡갈나무야.
어깻죽지 구멍에 올빼미 한 쌍이
둥지를 틀고 오순도순 살고, 옆구리에는 까막딱따구리가
뚫어놓은 구멍이 세 개 있지.
지난겨울에는 눈이 너무 많이 와서 큰 가지가
두 개나 부러졌어.
지난 300년 동안 이 세계를 지켜보았는데
세계는 정말 눈부시게 아름다워!
살아간다는 건 기적이야!
근데 100년 전에 어떤 고약한 인간이
도끼질을 한 자국이 남아 있는데
한
번
볼
래
?
"

이 정도 이야기만으로도 세상에 하나밖에 없는 나무라는 것이 분명하겠지?

나는 무엇인가?

이건 딱 하나의 정답만이 있는 질문이 아니야. 다양하게 많은 대답이 가능하고, 세월이 지나면 답이 달라질 수 있어. 그러니 항상 이 질문을 마음에 담아두고 있다가 생각이 날 때마다 기록을 해둔다면, 10년 후쯤 멋진 책이 될 수 있을 거야. 사진이나 비디오를 잔뜩 찍어두는 것보다 수천, 수만 배는 더 값질 거야. 사진이나 동영상을 찍어두는 것은 삶의 껍데기만 찍어둔 것일 수 있어. 하지만 생각을 기록해 두면 삶의 알맹이를 찍어둔 앨범이 될 수 있지.

나는 무엇인가?

나는 어떤 존재인가?

세상에 나 같은 사람은 나 하나밖에 없다는 것을 화끈하게 알려줄 수 있는 대답을 한번 글로 써봐. 뾰족한 생각이 나지 않는다면 다음 참고 사항들과 아인슈타인의 신상 기록을 읽어보고 자신을 돌아보도록 해. 이거 중요한 거야.

참고 사항 :

내 성격. 취미. 특기. 장래 희망. 당장의 희망 사항. 배우고 싶은 것. 유난히 하고 싶은 것. 무엇보다도 소중한 것. 유난히 좋아하는 색깔. 인상 깊었던 경험. 특히 어린 시절에 마음을 사로잡은 것. 아름다운 추억. 내게 큰 영향을 준 사람. 존경하는 사람. 감명 깊게 읽은 책. 짜릿한 경험. 무척 기뻤던 일. 진짜 좋았던 일. 특별히 바라는 일. 뽐낼 만한 일.

(미국 하버드 대학에 들어가려면 〈가장 인상 깊었던 경험〉이나 〈내게 가장 큰 영향을 준 사람〉 따위의 글을 써내야 해. 그런 글을 보면 글쓴이가 어떤 사람인지 잘 알 수 있기 때문이지.)

아인슈타인이 열 살이었을 때의 신상 기록

학년: 초등학교 4학년.

키 : 155센티미터

체중: 42.5킬로그램

지능지수: 82

사교성이 없으며 몸이 자주 아팠고, 선천적인 이상은 없음. 바이올린과 독서를 좋아했고, 가족의 재산 정도는 보통. 정서 불안으로 휴학을 한 적이 있으며, 환상적인 것에 관심이 많음.

『아인슈타인 평전』에 나오는 내용:

기억력이 나빠서 큰 인물이 되기는 틀렸다는 말을 곧잘 들음. 친구 집에 놀러갔다가 가방을 놓고 온 적도 있었고, 건망증이 심해서 하숙집 안주인들의 속을 썩이기 일쑤였음. 이를테면 집 열쇠를 잃어버렸다면서 이른 아침부터 안주인을 깨워 새

열쇠 달라고 들들볶은 적인 한두 번이 아니었음. 다행히 방을
빼라는 집주인은 없었음. 암기과목은 젬병이었지만 수학은
썩 잘했음.

고대 그리스 델포이의 아폴론 신전 현관 기둥에 새겨져 있던 말.

가장 소중한 것
창의력은 소중한 것을 발견하는 것

사람에게 가장 소중한 것은 무엇일까?

공기?

물, 불, 흙, 자연?

사람들은 지구 환경이 파괴되기 시작하자 비로소 그런 것들이 얼마나 소중한지 깨닫게 되었어. 공기가 나빠지니까 비로소 맑은 공기가 소중하다는 것을 깨닫고, 물이 더러워지니까 맑은 물이 또 얼마나 소중한지 깨달은 거야. 왜 미리 깨달을 수 없었을까?

이유야 많지만 무엇보다도, 〈흔한 것은 소중하지 않다〉는 고정관념 때문이라고 할 수 있겠지.

사람들은 또 건강이 나빠진 다음에야 건강이 얼마나 소중한지 깨닫게 돼. 있을 때는 소중한 줄 모르다가 없어진 다음에야 소중함을 깨닫게 되니 사람은 참 어리석은 데가 있어.

예수는 이렇게 말했어.

"사람은 밥만 먹고 사는 것이 아니다."

끼니 걱정을 하는 사람도 지구에는 헤아릴 수 없이 많지만, 살기 위해서는 끼니 말고도 다른 뭔가가 또 필요해. 그게 뭘까?

예수는 죽음을 앞두고 제자들에게 빵과 포도주를 나눠 주며 말했어.

"이 빵은 내 몸이오, 이 술은 내 피다. 나를 먹고 마셔라!" 예수를 먹고 마셔라? 이게 무슨 뜻일까? 예수는 인간을 위해 자신의 몸을 바쳤지. 예수의 몸은 다름 아닌 〈사랑〉을 상징하는 것이었어. 예수는 자신을 희생하면서까지 〈사랑〉을 가르친 인류의 위대한 스승이지. 〈사랑〉처럼 소중한 것도 없어.

그런데 옛날 그리스도교 신자들은 그 사랑의 뜻을 저버리고 말았어. 유대인들이 예수를 죽였다고 유대인들을 박해하고, 대학살을 하기까지 했지. 이슬람교 신자들이 "한 손에는 칼, 한 손에는 코란"을 들고 무자비한 짓을 했다는데, 역사 기록을 보면 실은 그리스도교가 이슬람교보다 몇 배는 더 잔혹한 짓을 했다는 걸 알 수 있어. 예수가 가르친 〈사랑〉은 뒷전에 두고 〈믿음〉만 소중하게 여겼기 때문이야. 믿기만 하면 천국에 간다니까 말이지.

무엇을 소중히 여기느냐에 따라 사람이 얼마나 크게 달라지는지 알겠지?

러시아의 대작가인 톨스토이도 사람이 〈사랑〉을 먹고 산다는 소설을 한 편 썼어. 제목은 『사람은 무엇으로 사는가?』.

불교에서도 자비를 가장 소중히 여기는데, 자비가 곧 사랑이지. 또 불교에서 소중하게 여기는 것은 〈지혜의 깨달음〉이야.

유교에서는 〈어질고, 의롭고, 예의바르고, 지혜로운 것〉을 소중하게 생각해. 그 〈인의예지〉가 없으면 인간도 다른 짐승과 다를 바 없다고 생각하기 때문이야. 그리고 재미나게도 〈음악〉을 소중히 여겼어! 음악을 즐길 줄 아는 풍부한 감수성이야말로 인간다움의 극치라고 본 거야.

노자와 장자는 〈길의 깨달음〉을 소중히 여겼어. 그리고 〈길〉을 즐겼지.

"〈길〉을 즐겨? 도보 여행이나 드라이브를 즐겼단 소린가? 아빠, 〈길〉이 대체 뭐야?"

"나도 몰라!"

"don't know? 그러니까 〈돈노〉가 길이란 말이지? 옛날 사람들은 〈돈노〉를 즐겼구나?"

독재자가 나라를 지배할 때는 〈자유〉만큼 소중한 것도 없지. 무엇을 소중히 여기느냐에 따라 삶이 크게 달라질 수 있다는 게 중요해. 앞서 이야기한 것처럼, 똑같은 그리스도교인이라도 〈사랑〉과 〈믿

음〉 가운데 어느 것을 소중히 여기느냐에 따라 삶이 딴판이 되잖
아? 우리나라도 빈부격차가 갈수록 극심해지고 있는데, 대통령이
〈경제 성장〉과 〈소득 분배〉 중에서 어느 쪽을 더 소중히 여기느냐에
따라 나라의 정책이 확 달라지고, 사람들 희비가 엇갈려.

〈자연〉도 〈사랑〉도 〈깨달음〉도 〈자유〉도, 〈음악〉도, 〈경제 성장과
분배〉도 소중하지만, 그밖에도 소중한 것은 수없이 많아. 남들에게
는 하찮을지 몰라도 자기한테는 더없이 소중한 것도 있지. 때에 따
라 아주 작고 구체적인 것도 소중해. 예를 들어 산에 가서 뒤가 마
려운데 휴지가 없다면? 윽, 까칠한 나뭇잎으로 뭘 어쩌라고? 눈이
나쁜데 안경이 없다면? 노인한테 틀니가 없다면? 손가락 빠는 아이
한테 공갈젖꼭지가 없다면? 책이 없다면? 꽃이 없다면? 사실 세상
에 소중하지 않은 것은 아무것도 없어.

"누가 뭐라든 내게는 이것이 소중하다!"

소중한 것은 물건일 수도 있고, 사람일 수도 있고, 정신적인 것이
거나 심리적인 것일 수도 있어. 소중한 것을 이미 갖고 있을 수도
있겠지만, 잃어버렸거나, 아직 갖고 있지 못할 수도 있어. 그러니까
소중한 것은 간절히 원하는 것일 수도 있지.
　내게 소중한 것, 내가 간절히 원하는 것, 그것을 최대한 많이 찾

아 봐.

그게 창의력하고 무슨 상관이 있냐고?

소중한 것이 무엇인가를 알아야 그걸 위해 창의력을 발휘해도 할 것 아냐. 소중한 것, 그리고 간절히 원하는 것이 없다면 창의력을 발휘할 일이 없어. 하다못해 "돈이 소중하다!" "돈을 원한다!" 이래야 돈을 벌기 위해 악착같이 창의력을 발휘하지 않겠어? 그리고

소중한 것을 발견하는 것, 그것이 바로 창의력이라니깐.

곰이 집을 떠나 남쪽으로 1킬로미터를 똑바로 걸어갔다. 방향을 틀어 동쪽으로 1킬로미터를 걸어갔다.

다시 북쪽으로 방향으로 틀어 1킬로미터를 걸어갔다. 그랬더니 엉? 곰은 처음 떠났던 제 집에 도착했다. 이 곰은 무슨 색일까?

창의력은 입체적인 사고력

▶ ▶ 난데없이 제 집이라니? 난데없이 웬 곰의 색깔? 평면적으로 생각하면 결코 집에 도착할 수 없다. 지구가 어떻게 생겼더라? (해답은 57쪽에)

위대한 실험
창의력은 실험 정신

세상에 소중하지 않은 것은 아무것도 없다는데, 똥은 어떨까?

옛날에는 똥이 아주 소중했어. 농사를 짓자면 똥보다 더 좋은 거름이 없었거든. 그런데 산업사회에 접어들고서부터 말할 수 없이 천대를 받게 되었어. 여태까지 엄청난 양의 가축 분뇨를 바다에 버렸다는 거 알아? 우리나라는 해양오염 국가로 오랫동안 손가락질을 받다가 2012년부터 비로소 그걸 중단하게 되었지.

얼마 전까지만 해도 시골 할아버지들 가운데는 신문지에 똥을 받아 개한테 먹인 분이 계셨어. 똥개는 똥을 맛있다는 듯이 먹지. 개한테 그 맛이 진짜 어떤지야 모르지만, 먹을 만하니까 먹었겠지? 제주 똥돼지라고 들어봤나 몰라. 까만 토종 돼지인데, 예전에는 사람 똥으로 길렀어. 100여 년 전에 못된 프랑스 선교사의 폭압과 세리의 가혹한 세금 수탈에 맞서 제주 농민들이 들고 일어났는데, 농민들은 투쟁을 하다가도 뒤가 마려우면 부랴부랴 집으로 달려가서 돼지에게 밥을 주었지. 물론, 똥이 밥이야!

이런 얘기가 혹시 역겹게 들렸어? 그렇다면 그건 아직도 잘못된 고정관념에 사로잡혀 있다는 확실한 증거야.

자, 이제 위대한 실험을 할 때가 됐다.

신문지에 똥을 누어 봐. 나이든 사람들은 옛날에 기생충 검사를 하려고 그런 일을 다 해봤어. 그러니 주저 말고 똥을 받도록 해. 그리고 색깔을 잘 살펴봐. 모름지기 똥은 누릇누릇 밝은 황금빛이 나는 게 제일이야. 올바른 식사를 하면 똥에서 별로 냄새가 나지도 않아. 모유를 먹는 건강한 갓난아이 똥에서는 실제로 향긋한 냄새가 난다니까. 화학조미료를 많이 먹거나, 인스턴트식품을 즐기거나, 건강이 좋지 않을 때, 똥은 냄새가 고약하고 색깔도 칙칙하지.

이 실험에서 중요한 것은 콧구멍을 대문짝만 하게 열고 냄새를 깊이 들이켜는 거야. 인상 쓰지 마. 즐겨!

별짓을 다 하란다고? 하지만 이건 정말 위대한 실험이야. 똥은 결코 더러운 것이 아니다! 라고 모든 사람들이 생각할 때 이 세상은 더없이 아름다워질 거야. 안 그러면 내 손에 장을 지진다! (영어로는 I'll eat my hat!) 우리나라를 대표하는 문화인류학자인 전경수 선생님은

1992년에 『똥이 자원이다』라는 훌륭한 책을 냈어. 그런데 반응이 시큰둥해. 10년 후 새 책을 또 냈어. 『똥도 자원이라니까』!

조선시대 구두쇠는 밥을 밖에서 먹더라도 똥은 꼭 제 집에 와서 누었대. 왜? 남 주기 아까우니까!

똥은 쓰레기가 아니라 자원이다! 이런 걸 알아도 역시 똥은 더럽다고? '똥이 더럽다' 또는 "꽃이 아름답다"는 것은 〈객관적인 판단〉이 아니야. 그건 〈주관적인 판단〉이지. 그 차이를 아는 것이 중요해. 그 똥의 부피, 무게, 또는 굵기 따위를 이야기한다면 그건 〈객관적인 판단〉이지.

창의적인 사람은 섣불리 주관적인 판단을 하지 않는다

그걸 〈판단 보류〉라고 해. '똥이 정말 더러운 것일까?' 하고 물음표를 달아 다시 생각해 보는 것이 바로 판단 보류야. 남들이 다 동쪽으로 갈 때, "꼭 동쪽으로 가야만 할까?" 이렇게 판단 보류를 한 콜럼버스는 마침내 생각을 뒤집고 배짱 두둑이 실천을 해서 새로운 뱃길을 발견했지. 샤를 보들레르라는 프랑스 시인은 남들이 더럽다고 생각한 것에서 아름다움을 발견해서 멋진 시를 썼어. 그래서 보들레르는 현대시의 시조가 되었지.

빈센트 반 고흐는 1882년에 동생 테오에게 이런 편지를 보냈어.
"오늘과 어제 노인 그림 두 장을 그렸어. 무릎에 팔꿈치를 괸 채 두 손에 얼굴을 묻고 앉아 있는 노인을. ……기운 무명옷을 입고 머리가 벗겨진, 그런 늙은 막일꾼이 얼마나 아름다운지 몰라.How beautiful such an old workman is, with his patched fustian clothes and his bald head."

추레한 노인이 얼마나 아름다운지 모른다고!

또 1883년에는 이런 편지를 보냈어.

"음, 오늘은 청소부들이 쓰레기 따위를 버리는 곳에 들렀댔어. 아, 그곳이 얼마나 아름다운지. Well, today I went to visit the place where the dustmen dump the garbage, etc. Lord, how beautiful that is."

고흐는 쓰레기장에서 아름다움을 느꼈어! 쓰레기의 아름다움에 흠뻑 취한 거야!

자, 고정관념을 버리고 똥에서 아름다움을 발견해 보자.
똥이 더럽다는 고정관념을 버릴 수 있다면
다른 많은 고정관념이 저절로 사라질 거야.
그리고 세상이 더욱 아름다워질 거야.

누군 실험을 하고 이런 글을 다 썼다네?

짧은 실험 긴 향기 : 나는 만져 보기도 했다!

1. 성냥개비 6개로 정3각형 4개를 만들어보라.

2. 연필을 종이에서 떼지 말고 4개의 직선을 그어 아래 9개의 점 모두를 통과하게 하라.

▶ ▶ 1. 2차원에서 3차원으로 생각 넓히기.
▶ ▶ 2. 4각형의 틀(생각의 감옥)을 무너뜨리기. (해답은 72쪽에)

한 대학의 축구 코치가 이사장에게 월급 인상을 요구했다.

"아니, 코치 선생. 선생은 교수보다도 더 많은 월급을 받고 있잖여. 근디 무슨 명분으로 월급을 올려준단 말여?"

그러자 코치는 이사장실 문을 열고 축구 주장을 소리쳐 불렀다.

"이봐, 내 사무실에 가서 거기 내가 있는지 알아보고 와!"

15분 후 주장이 헐레벌떡 돌아와 헉헉거리며 말했다.

"사무실에는 코치 선생님이 안 기셨슈."

그러자 코치가 이사장에게 말했다.

"이제 월급을 올려줘야 할 이유를 아시겠습니까?"

이사장은 고개를 주억거리고 한심하다는 듯이 주장에게 말했다.

"이 녀석아, (   )"

▶▶ **웃기는 이 유머를 완성하려면?**(해답은 72쪽에)

손오공아,
달에 가서 네가 있는지 알아보고 오너라!

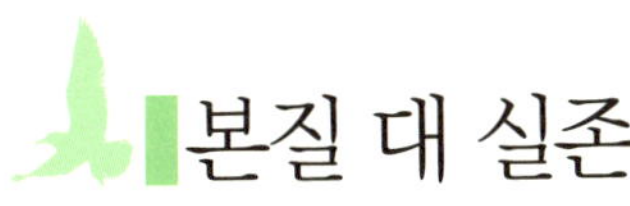

본질 대 실존
창의력은 인간을 인간이게 하는 것

실존은 본질에 앞선다. Existence precedes essence.

이게 또 뭔 씻나락 까먹는 소리지? 하지만 실존주의자 사르트르
의 심오한 이 말을 뜯어보면, 창의력의 진주가 서 말 닷 되쯤은 와
르르 쏟아져 나올 것 같다.

"앞선다"는 말이 "더 중요하다"는 뜻인 줄 알던 때가 있었어. 그
래서 본질은 무시하고 실존에 촉각을 곤두세우고 산 적이 있었지.
하지만 가만 보니 그건 아닌 것 같아. 본질은 역시 중요해. 그런 뜻
에서 재미난 유머를 가지고 우선 본질에 대해 알아보자.

앞서의 "이 녀석아, 전화를 해보지!"로 끝나는 유머에 본질의 진

수가 담겨 있어. 그건 경박한 우스개가 아니라 깊은 뜻은 담고 있는 훌륭한 유머인 거야.

"이 바보 멍텅구리야, 코치를 눈앞에 두고 어디 가서 찾았어!" 하고 이사장은 말했어야 당연해. 그런데 엉뚱하게도 이사장은 전화를 해보면 알 수 있지 않았느냐고 말하지. 〈문제의 본질〉은 망각하고 말이야. 이건 본질(목적)을 잊어버리고 수단 방법만 따지는 사람들을 풍자한 멋진 유머야.

뛰어갔다 오는 직접적인 방법에 비하면 전화라는 도구를 이용하는 것이 훨씬 더 현명해. 하지만 훨씬 더 현명한데도 어리석기는 마찬가지! 〈문제의 본질(목적)〉을 잊어버리면, 제아무리 현명해도 어리석다!

목적을 잊어버린 유머 하나.

어떤 송별

생각에 잠긴 대학교수 세 명이 기차가 오기를 기다리고 있었다. 각자 어찌나 골똘히 생각에 잠겨 있었던지 기차가 도착한 것도 몰랐다. 문득 교수 가운데 한 명이 기차가 출발하기 시작한 것을 알아차렸다. 그래서 교수들은 기차를 타려고 냅다 뛰었다. 교수 두 명은 가까스로 기차에 올라탈 수 있었다.

"마, 좋게 생각하시이소. 두 분은 기차를 타지 않았능교!"

누가 위로하자 교수가 부루퉁하게 말했다.

"알고 있슈. 하지만 두 사람은 나를 바래다주러 나왔슈."

잠깐, 시계의 본질을 헤아려서, 시각 장애인을 위해 창의력을 발휘해 보자. 시각視覺 장애인에게도 시각時刻은 참 중요해(말장난해서 미안). 몇 시 몇 분, 이게 시각時刻이라는 건데, 눈이 보이지 않으면 시각을 어떻게 알지? 물론 시각 장애인용 시계가 있어. 어떤 시계가 있을까? 또 어떤 시계가 있을 수 있을까? 잠깐 눈을 감고 창의력을 발휘해서 생각해 봐.……

시각 장애인용 점자시계라는 게 있는데, 시계 뚜껑을 열고 시침과 분침을 만져볼 수 있게 만든 거야. 그다지 창의적인 시계라고 하긴 어렵지만 그래도 쓸 만은 한 것 같아. 그리고 버튼을 누르면 음성으로 시각을 말해주는 전자시계가 있어. 어떤 것은 온도까지 덤으로 말해 주지. 가격 약 7천 원. (습도까지 말해 주면 나도 하나 살 텐데.) 시각 장애인용 휴대폰이 있다는데, 간단한 조작으로 시각을 말해 주는 기능이 있는지는 확인을 못해 봤어.

2008년에 한국의 한 대학생이 발명해서 세계적인 디자인상을 받은 시계도 있어. 시간에 따라 조그만 구슬이 돌출하게 만든 거야. 대박이 났다던데 특허를 내서 큰돈을 벌게 되었다는 뜻일까?

나는 이런 시계가 갖고 싶어. 정해진 시간마다 다른 향기를 풍기는 향수 시계! 세 시에는 라일락 향기, 네 시에는 장미 향기, 다섯 시에는 국화꽃 향기……. 새벽 다섯 시에는 새벽 어시장의 비린내를 폴폴 풍겨라! 여섯 시에는 상쾌한 솔향기를 솔솔 풍기고, 밥 때가 되면 갖가지 구수한 냄새가 진동하게 하고, 자정에는 어린 시절의 향수를 자극하는 젖 냄새를 풍겨다오.

본질이란 한 마디로 "그것을 그것이게 하는 것"이야. 시계의 본질은 시각을 알려주는 것. 시계가 시각을 알려주지 않으면? 시계로서의 존재 가치가 사라진 거지. 이렇게 사물의 경우에는 본질이 중요해. 사물은 본질이 곧 존재 가치이고 존재 목적이야.

꽃에도 본질이 있고 존재 가치와 목적이 있을까? 물론이지. 꽃의 본질. 꽃을 꽃이게 하는 것. 그건 무엇보다도 수정을 하는 거야. 그것이 꽃의 본질이지. 그런데 이건 생물학적 관점에서 본 꽃의 본질이고, 시인의 관점에서 본 꽃의 본질은 전혀 다를 수 있어. 시인은 아무래도 향기와 빛깔, 형태에서 꽃의 본질을 발견하려고 하겠지. 꿀벌이라면? 꿀에서 꽃의 본질을 찾으려고 하지 않을까? 하느님이 볼 때 꽃의 본질은 뭘까? 그야 하느님만 알겠지.

자, 이제 인간을 생각해 볼 때가 되었어. 인간의 본질은 뭘까? 나의 본질은? 나를 나이게 하는 그것은? 나라는 존재의 본질, 나의 존재 가치와 존재 목적은 무엇일까? 그런 게 있긴 있는 걸까?

"당근이다!" 이게 본질주의의 대답이야. 실존주의 이전에는 다 이렇게 생각했어.

"아니다! 없다." 실존주의는 이렇게 부르짖었지.

"실존"이란 "실제로 있는 그대로의 상태"를 뜻해. 실존이 본질을 앞선다는 것은, 인간이 본질 없이 태어난다는 뜻이야. 갓난아기일 때 인간은 실존을 하긴 하는데 "나"라는 자의식이 없어. 그러니 "나를 나이게 하는 것"도 없다고 할 수 있지. 하지만 자라면서 "나"라는 자의식을 갖게 되고, "나를 나이게 하는" 본질을 스스로 만들어 간다는 것이 사르트르의 생각이야.

실존이 본질에 앞선다. 이게 무슨 말인지 이제 알겠지?

꽃은 한사코 수정을 해야만 해. 그게 꽃의 본질이고 존재 목적이니까. 하지만 "나"는 본질을 타고 나지 않았기 때문에 존재 목적이 없어. "나"는 뭘 어떻게 하며 살아야 할지 정해지지 않은 거야. "나"는 자유야! 그런데 이 자유는 저주일 수 있어. 본질이 없는 만큼 존재 가치도 없거든!

존재 가치가 없다! 그러니까 죽어라! 이런 이야기가 아닌 거 알지?

실존은 본질에 앞선다. 그렇다면 우리는 "나를 나이게 하는 것", 곧 "나"의 존재 가치를 스스로 창조하거나 발견해야 해.

존재 가치와 목적을 만들어가거나 발견하려면?

무엇보다도 창의력이 필요하다!

그런데 무한한 우주의 한 행성에 생명이 태어난 게 기적 중의 기적이라면, 그런 사실만으로도 생명은 존재 가치가 있는 게 아닐까? 생명의 본질, 생명을 생명이게 하는 것은 "기적"이 아닐까?

창의력은 삶의 기적에 눈이 휘둥그레지는 것!

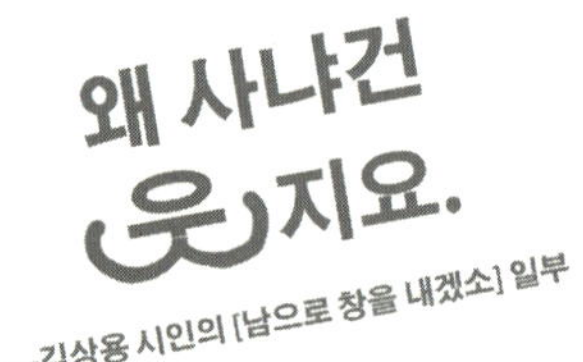

묻느니, 그대는 웬일로 푸른 산에 사는가?

웃으며 답하지 않으니 마음 절로 한가롭네.

問余何事棲碧山(문여하사 서벽산)

笑而不答心自閑(소이부답 심자한)

—이백李白의 「산중문답山中問答」 일부

창의력은 악어와 노는 것

창의력은

알고 싶어 하는 것

더 깊이 파고드는 것

두 번 보는 것

냄새를 귀로 듣는 것

고양이의 말을 알아듣는 것

어디엔가 도착하는 것

어딘가에서 빠져나오는 것

들여다보기 위해 구멍을 뚫는 것

태양에 플러그를 꽂는 것

모래성을 쌓는 것

자기 목청으로 맘껏 노래하는 것

내일과 악수하는 것

−엘리스 폴 토랜스

그럴 리야 없겠지만 공룡이 나를 찾아온다면?

무조건 달아나고 본다? 애완용으로 기른다? 동물원에 모신다? 잡아서 바비큐 해먹는다? 119에 전화부터 한다?

여기 재미있는 시가 있어. 황동규 시인이 쓴 시의 일부인데, 한번 읽어볼까? 제목, 「악어를 조심하라고?」

> 뉴욕 하수도에 악어가 산다는 미확인 보도가 있은 후
>
> 복개된 청계천에서 악어가 논다는 소문이 퍼졌다
>
> 삼청동 어느 집에서 애완용으로 기르던
>
> 새끼 악어들이 도망쳐
>
> (크로커다일이 아니고 앨리게이터 악어라 함)
>
> 수도육군병원 앞 복개천을 따라 기어 내려가
>
> 한국일보 옆구리를 지나
>
> 그렇지, 우리 가끔 들르던 대구매운탕집을 스쳐
>
> 광교에서 일제히 좌향 앞으로 하여
>
> 청계천으로 내려가 3간가 4가쯤에서
>
> 새끼 치며 잘 살고 있다는 이야기

겨울에도 춥지 않고 먹을 것만 있다면

행복하지 말란 법은 없지

허나 때로 밖에 나오고 싶지는 않을까?

어느 여름밤 비 추적추적 뿌릴 때

청계천을 빠져나와

한강에서 무자맥질 몇 번 하고

반포쯤에 상륙하지 않을까?

아파트 사람들이 「사랑과 진실」에 빠져 있을 때

계단을 기어 올라가 옥상 난간에 뜨거운 배를 대고

비를 맞으며

서울을 불빛을 내려다보고 있지는 않을까?

악어가 크로커다일이 아니고 앨리게이터라고 한 것은 아마도 비교적 온순한 악어라는 뜻일 거야. 발음부터가 더 부드럽잖아?

"뉴욕 하수도에 악어가 산다는" 오래된 도시 전설이 실제로 있어. 1980년에는 루이스 티그 감독이 악어를 소재로 한 괴수 영화 ?앨리게이터?를 만들기도 했지. 새끼 악어를 하수구에 버리는 장면과 함께 영화가 시작한다더군.

그리고 몇 년 후 청계천 어딘가에서 악어가 새끼를 낳고 오순도순 살고 있다는 소문이 퍼졌어. 말도 안 되는 소리지? 하지만 말도 안 되는 소리가 더 진실한 소리일 수도 있어. 바꿔 말하면, 말이 잘만 되는 소리 중에 거짓말이 수두룩하다는 거지.

그건 그렇고 이 악어는 대체 어떤 악어일까?

우선 청계천이라는 데가 어떤 데인지 알아야 해. 청계천淸溪川이라는 말은 맑은 계곡물이 흐르는 냇물이라는 뜻인데, 1958년부터 이 냇물을 시멘트로 덮어 씌웠어. 그리고 그 위에 고가도로까지 만들었지. 그러다 2003년부터 복원 공사를 시작해서 고가도로를 없애고, 덮어 씌웠던 시멘트도 걷어내서 다시 맑은 물을 흘려보내고 있어. 청계천의 역사가 제법 재밌지?

악어가 산다는 소문이 퍼진 것은 청계천이 시멘트로 덮여 있을 때야. 더러운 시궁창 물이 흐를 뿐만 아니라, 독가스가 잔뜩 들어차 있었어. 미군 사령부는 가스가 폭발할까 봐 미군들이 그곳을 지나가지 못하게 했다는 괴담까지 나돌았을 정도야.

그런 곳에 악어가 산다면 그건 너무나 불쌍한 악어일 거야. 그런데도 "논다"는 소문이 퍼졌어. 죽지 못해 사는 게 아니라 즐기고 놀면서 살아. 지구상에서 어린 아이들이 어제도, 오늘도, 분명 내일도, 하루 평균 3만 명이나 굶어죽어 가고 있다는 거 알아? 먹을거리를 구하지 못해서 말이야. 그러니 "겨울에도 춥지 않고 먹을 것만 있다면/ 행복하지 말란 법은 없지." 이 악어는 놀면서 새끼까지 치며 "잘 살고" 있어. 아마 욕심 없고 순박한 악어일 거야. 풍족한 삶보다는 자유로운 삶을 갈망하는 악어겠지. 삼청동의 어느 집(분명 부잣집)에서 "도망쳐" 나왔다니까.

악어는 파충류이고, 파충류는 냉혈 동물인데, 이 악어는 뜻밖에도 배가 "뜨거운" 악어야. 아파트 사람들이 「사랑과 진실」이라는 TV 드라마에 폭 빠져 있을 때, 진정 "뜨거운" 사랑과 진실에 목말라하는 악어일 수도 있겠지. 고향이 몹시 그리울지도 몰라. 정들면 고향이라니까 어디서든 살긴 살겠지만 그래도 친구가 필요한지도 몰라. 이 악어와는 어쩐지 말이 통할 것 같지 않아?

창의력은 악어와 벗하는 것. 때로는 뱀파이어, 때로는 모기와 벗하는 것

벗해? 어떻게? 어떻게? 하고 묻는 사람 있어, 혹시? 설마 인간 친구랑 놀면서도 어떻게? 어떻게? 하고 묻지는 않겠지? 그렇게 그냥 놀면 돼. 창의력은 신나게 노는 것.

한강에 새끼 악어들이 와글와글 하다는 소문이 돌았어. 그중 한 마리가 자욱한 새벽안개를 뚫고 걸어서 찾아왔어. 아니, 전철을 타거나, 몰래 트럭을 훔쳐 타고 찾아왔는지도 몰라. 스케이트보드를 타고 왔을지도 모르지.

이 악어랑 기발하고 재밌게 한번 놀아 봐.

뭐? 유치하다고?

정말 유치하다면, 한국에서 이름도 쟁쟁한 시인이 얄궂은 악어 시를 썼을 리가 있겠어? 아니, 악어랑 노는 것 정도가 아니라, 아예 악어가 되어 버리는 게 좋겠다.

그레고르 잠자가 어느 날 아침 깨어났더니 벌레가 되어 "장갑차처럼 딱딱한 등을 대고 벌렁 뒤집어져" 있었다는 이야기 들어봤어? 그레고르 잠자는 물론 인간이었어. 프란츠 카프카의 소설 『변신』이야기인데, 카프카는 인간이 벌레가 된 이야기로 세계 문학계를 놀라게 했어. 인간이 벌레도 되는데, 악어가 되는 것 정도야 일도 아니지. 아무튼 새로운 경험은 소중하니까 모쪼록 변신 기록을 남겨 두는 게 좋을 거야.

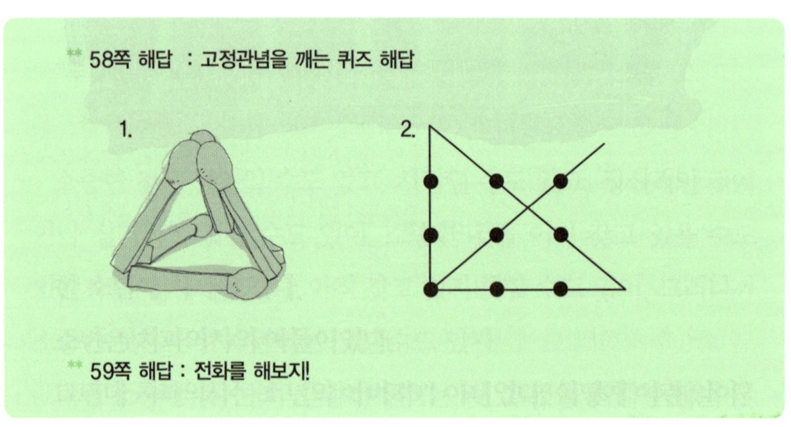

제3의 눈
창의력이 뛰어난 사람은 제3의 눈을 뜬 사람

내가 만약 눈이 멀었다면?

생각해 보기도 싫다고? 세상에 빛이 있고, 내가 빛을 볼 수 있다는 것은 크나큰 축복이 아닐 수 없어. 하지만 세상에는 눈뜬장님도 많아. 두 눈이 멀쩡한데도 세상의 아름다움과 신비로움을 보지 못하는 거야. 반대로, 두 눈이 보이지 않아도 세상의 아름다움과 신비로움을 느끼는 사람이 많아. 그런 사람들은 마음의 눈으로 세상을 보는 거야. 헬렌 켈러 여사는 눈이 보이지 않고, 소리도 들리지 않았는데, 누구보다 더 아름다운 세계를 온몸으로 느끼며 살았지.

그런 의미에서 또 위대한 실험 하나.

눈을 감고 살아보는 거야. 아니 그런 심한 일을? 이 실험을 꼭 해 봐야 하는 이유를 아흔아홉 가지는 너끈히 댈 수 있지만, 우선 딱

한 가지만 말할 게.

이 실험에 도전해서 성공한다면

창의력의 대문을 활짝 열어젖혔다고 할 수 있어.

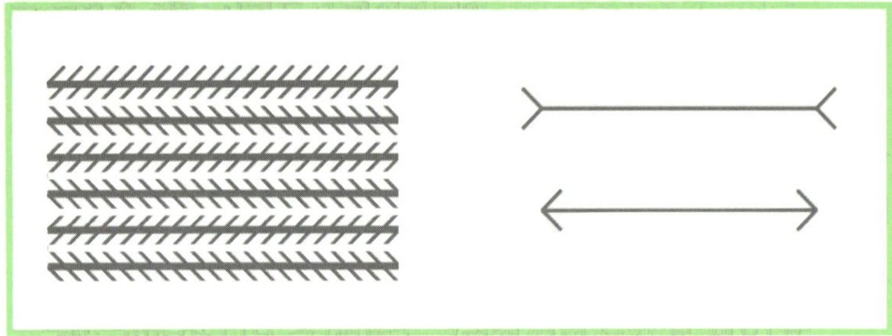

인간의 눈은 어설프기 짝이 없어서, 위 그림처럼 길이가 같은 것이 달라 보이고, 평행선이 삐딱하게 보일 수도 있어. 백문百聞이 불여일견不如一見이라고, 백 번 듣는 것보다 한 번 보는 것이 낫다는 말이 있지만, 위 그림처럼 거짓으로 보게 된다면 차라리 보지 않는 게 나을 수도 있지.

진실은 두 눈으로 보고도 알 수 없는 것!

먼 옛날, 노예로 살던 이스라엘 사람들이 갈라진 홍해 바다의 밑바닥을 걸어서 이집트를 탈출했다는 그리스도교 성경 이야기 들어봤지? 이스라엘 사람들은 바다가 갈라진 기적을 두 눈으로 똑똑히 보고도 자기들의 신을 배반했어. 그건 어재 이해가 잘 안 돼. 그 기적은 바다가 우연히 갈라진 정도가 아니었거든. 바다 밑바닥이 질척거리지도 않았어! 바짝 말라버린 거야!

"모세가 바다 위로 팔을 내밀었다. 주님께서 밤새도록 강한 동풍으로 바닷물을 뒤로 밀어 내시니, 바다가 말라서 바닥이 드러났다. 바닷물이 갈라지고, 이스라엘 자손은 바다 한가운데로 마른 땅을 밟으며 지나갔다. 물이 좌우에서 그들을 가리는 벽이 되었다."(출애굽기 14장)

바다 밑의 마른 땅! 수많은 이스라엘 사람이 지나간 데다, 뒤를 쫓던 이집트 병사들과 말과 마차까지 지나갔으니 분명 바다 밑에서 먼지가 구름처럼 피어올랐을 거야! 세상에 이렇게 놀라운 기적을 직접 경험하고도 자기들의 신을 믿지 않다니! 이 기적 이야기가 사실이든 꾸며낸 이야기든 간에 중요한 점 하나를 가르쳐 주고 있어. 즉, 두 눈만으로는 진실을 알아볼 수 없다는 것이 그거야. 그럼 무엇으로 진실을 알아볼 수 있을까?

종일 눈을 가리고 생활해 봐.
눈을 가리고, 누구랑 손을 잡고 오래 외출도 해봐. 눈을 감고 조용한 숲길을 걷는 것도 멋지겠지. 눈 감고 바닷가 백사장을 맨발로 걷는 것도 멋질 거야. 하지만 도시라도 좋아.

이 실험에 성공하면 세 개의 눈을 갖게 될 거야. 제3의 눈을! 그리고 제3의 눈은 날이 갈수록 초롱초롱해질 거야. 진실을 알아보는 것은 바로 제3의 눈! 제3의 눈은 보이지 않는 것을 보는 창의력의 눈이야.

소중한 이 경험을 기록으로 남겨두는 게 좋겠지? "어둠의 세계 탐험기"를.

"아빠, 어떤 사람은 제3의 눈이 늑대눈 이래!"
"그래도 동태눈 보다는 낫지 않을까?"
"에이, 차라리 눈이 삔게 낫지!"

노인이 죽을 때가 되어 아내에게 유언을 하고 있었다.

"여보, 내가 죽기 전에 꼭 알려줄 게 있어. 양복점 백 씨에게 백만 원 받을 게 있고, 정육점 육 씨에게 육십만 원, 이웃집 이 씨에게 이십만 원 받을 게 있어."

그러자 아내가 자식들을 돌아보며 말했다.

"너희 아버지는 정말 놀라운 분이시다. 돌아가시면서까지 이런 걸 다 챙기다니 말이야."

노인이 계속해서 말했다.

"그리고 여보, 떡집 사 씨에 사십만 원 갚을 게 있어."

그 말에 아내가 외쳤다.

"어머나, 이제 너희 아버지가 헛소리를 하시는구나!"

이 유머는 인간의 속마음을 신랄하게 꼬집고 있지? 창의력을 기르려면 보기 싫은 것도 보고, 듣기 싫은 것도 새겨듣고, 때로는 하기 싫은 것도 해 보는 것이 좋아. 억지로 마지못해 하는 게 아니라, 싫은 것을 즐거운 마음으로!

"싫다!"는 마음을 "좋다!"는 마음으로
뒤집을 수 있으면 창의력은 만점!

도전 정신

"젊어 고생은 사서도 한다."는 속담 들어 봤겠지? "젊어 고생"은 성장과 발전에 필요한 밑거름이 되기 때문에 그런 속담이 다 생겼을 거야.

요즘 학생들은 성적이 좋든 나쁘든 학교 공부가 힘들어서 다들 가슴에 멍깨나 들었을 거야. 재미를 찾기 힘든 입시 위주의 획일적인 학교 공부에 다들 "젊어 고생"이 이만저만이 아닌 거지.

하지만 그런 외중에서도 짬을 내서 알토란같은 용돈을 한번 벌어 보자. 응? 용돈을 너무 많이 받아서 주체를 못할 정도라고? 그래도 자기 힘으로 벌어볼 필요가 있어. 아르바이트 할 시간이 있으면 공부를 더 하라고 부모님이 난리를 치실 거라고? 하지만 아르바이트를 해보는 것보다 더 좋은 공부는 없어. 창의력도 기르고.

우리 아파트에 사는 한 아이가 게시판에 포스터를 한 장 붙였
다. 천 원에 차를 닦아 주겠다는 내용이었다. 나는 재빨리 아
이를 불렀다. 내가 첫 고객이었다. 그래서 세차가 끝난 다음
아이에게 일을 잘했다고 2천 원을 주었다. 10분쯤 뒤에 게시
판을 지나가다 보니 포스터는 이렇게 고쳐져 있었다.
"세차 2천 원-경험 있음."

세차 아르바이트도 단골이 생기면, 휴일 하루에 몇 만 원은 어렵
지 않게 벌 수 있을걸? 그런데 세차 같은 단순 노동이 창의력에 도
움이 될까? 물론이지. 창의력만이 아니라 사회성을 비롯한 많은 것
을 배우게 될 거라고 장담할 수 있어. 더구나 요즘 학생들은 대부분
운동부족일 게 분명한데, 세차는 훌륭한 전신운동이 될 거야.

창의력은 적극적인 도전정신

단순 노동이라도 적극적으로 도전하는 정신을 기를 수 있어. 〈적
극적인 도전정신이야말로 창의력의 젖줄!〉 이 아르바이트를 성공
하기 위해서는 많은 문제를 해결해야 해. 일거리를 어떻게 홍보해
서 어떻게 따낼 것인가. 어떻게 단골로 만들 것인가. 세차는 어떻게
효율적으로 해낼 것인가. 어떻게 하면 고객 만족도를 높일 수 있을
것인가.

창의력은 문제 해결 능력

　여러 가지 문제를 해결하면서 성취감을 느낄 때 창의력은 쑥쑥 자랄 거야. 이건 혼자 하기보다는 친구들과 같이 하는 게 좋겠다. 많은 친구들과 여러 팀을 짜서 어느 팀이 더욱 성공적인가를 겨루어보는 것도 재밌을 거야.

　세차를 하기에는 체력이 달릴 것 같다고? 그렇다면 유망한 다른 아르바이트거리가 있어. 아이 돌보기. 두어 살배기부터 한 열 살 정도까지 아이들과 같이 놀아주는 거야. 부모들이 오붓하게 연극이나 오페라 공연을 보러 가고 싶은데, 어린 자녀들 때문에 그걸 못할 경우가 많거든. 이 일은 신용만 쌓으면 제법 큰 사업으로 발전시킬 수 있을 거야.

　시간당 얼마를 받는 게 좋을까? 아이들과는 어떻게 놀아줄까? 영어라도 가르쳐주면서 놀아준다면 두 배로 받을 수 있을 거야. 책을 읽어주는 것도 좋고. 집에만 있을 게 아니라, 어딘가 재미난 곳에 가서 시간을 보낼 수도 있겠지. 이건 앞서의 세차와 마찬가지로 고객 만족도를 어떻게 높일 것인가의 문제야. 그리고 고객 확보를 위한 홍보는 어떻게 할 것인가? 거창하게 말해서 〈사업계획〉을 짜보는 거야. 여러 가지 문제를 찾아내고 해결하는 가운데 창의력은 쑥쑥 자랄 수밖에 없겠지? 무럭무럭! 하지만 아직은 창의력의 낌새만 모락모락?

암튼 또 어떤 멋진 아르바이트가 가능할까? 세차나 아이 돌보기가 내키지 않는다면 자기한테 딱 맞는 아르바이트를 생각해 봐. 아르바이트를 하긴 죽어도 싫다고? 그렇다면 기상천외한 아르바이트를 상상이라도 해보자.

상상은 창의력의 유모

어린왕자가 사는 소혹성 B612호 분화구 청소해 주기. 악어 이빨 쑤셔 주기. 호랑이 코털 다듬어 주기. 라푼젤 머리 감겨 주기…….

고생 한나 기쁨 둘 창의력 무한

양쪽 귀에 물집이 잡힌 술꾼이 건들건들 거리를 걸어가고 있었다.

그를 본 친구가 어떻게 된 일이냐고 물었다.

"아내가 전화기 옆에 뜨거운 다리미를 놓아두고 자리를 떴지 뭐야. 전화 벨이 울리기에 난 실수로 다리미를 집어 들었어."

"그럼 다른 쪽 귀는 왜 그랬어?"

"망할 놈이 또 전화했지 뭐야!"

창의력은 실수와 실패를 통해 배우는 것

진짜 공부, 큰 공부 체험
창의력은 무한한 잠재력을 일깨우는 것

미국에 살던 한국인 고등학생 한 명은 늘 최고 점수를 받았어. 그래서 최고 명문이라는 하버드 대학에 입학하려고 했는데 보기 좋게 낙방하고 말았지. 사회봉사 활동을 한 적이 한 번도 없다는 이유 때문이었다나? 하버드 대학은 봉사활동과 아르바이트 경험을 중요하게 생각해. 그런 것이 진짜 공부, 큰 공부라고 생각하기 때문일 거야.

아주 가끔이라도 큰 공부를 해보자. 양로원을 방문해도 좋고, 뇌성마비 아이들이 많이 살고 있는 고아원 같은 데를 찾아가도 좋을 거야. 분명 하루를 알차게 보낼 수 있을 텐데, 이게 창의력과 무슨 상관이냐고?

해본 적이 없다면 분명 하기가 싫을 거야. 하기 싫지만 막상 해보면 하기를 정말 잘했다는 걸 느낄 수 있는 일이 바로 봉사 활동이

야. 그러니 이건 "싫다"는 부정적인 마음을 "좋다"는 긍정적인 마음
으로 바꾸는 멋진 창의력 체험이 될 거야. 그런 일은 고달프기만 할
거라는 고정관념을 깨뜨릴 수도 있지.

게다가 이걸 통해 "시간 창조"의 경험도 하게 될 거야. 이런 저런 일
로 바쁠 게 분명한데도 봉사 활동을 했다는 것은 굉장한 시간을 창조
한 것이나 다름없어.

창의적인 사람은 시간을 창조한다

또 분명 이런 일을 통해 마음의 여유도 창조하게 될 거야. 그리고
폭넓은 경험도 해볼 수 있지.

폭넓은 경험 역시 창의력의 젖줄

그리고 봉사 활동을 하면 사랑과 관심의 불꽃을 지필 수 있어.

사랑과 관심의 불꽃이야말로 창의력을 지피는
화끈한 연료

봉사활동이나 아르바이트를 하는 것은 결코 편치 않아. 그러나

편안하기만한 삶보다 불편한 삶이 무한한 가치를 지니고 있다는 역설적인 사실! 이 역설을 깨달을 때 비로소 창의력이 부쩍부쩍 자라서, 장차 자신의 잠재능력을 마음껏 발휘하게 될 거야.

들은 이야기인데, 어떤 사람이 먼 나라에서 살아 있는 미꾸라지를 배편으로 수입해 왔어. 도착한 미꾸라지를 보니 여행에 지쳐서 대부분 사망했거나 사망 직전이야. 그런데 다음에는 이 미꾸라지들 속에 천적인 메기를 몇 마리 같이 넣었어. 그랬더니 미꾸라지가 도착한 뒤에도 아주 팔팔하더라는 거야. 미꾸라지 양식을 할 때도 항상 메기를 몇 마리 같이 기른다고 하지.

미꾸라지에게 메기는 불편한 것 이상인가? 암튼 불편한 삶의 가치란 그런 거야! 불편함은 삶의 잠재력을 활성화시킨다는 것!

편안하게 살면 개꿈을 꾸고, 불편하게 살면 꿈을 이룰 거야!

오규원 시인은 이렇게 말했어. "좋은 시는 독자를 불편하게 해서 영혼을 깨운다."

건축가 이일훈 선생님은 집이 편안한 공간이어야 한다는 고정관
념을 깨고, 집은 불편한 것이 좋다는 역설적인 건축 철학을 실천에
옮기고 있어. 예를 들어 수도원 복도를 좁게 만들어서, 두 사람이
마주치면 한 사람이 모로 비켜서서 양보를 하게 하는 거야. 이 경우
불편함이 예의를 북돋고, 인간관계를 더 밀착시키니, 참 멋지잖아?

창의적인 사람은 편안함이 아니라
불편함을 즐긴다

무인도에서
창의력은 미지의 세계에 도전하는 것

앞에서 시간을 창조해 보았으니, 이번에는 공간 이동을 해보자.

〈고독〉이라는 학생이 배를 타고 독도 여행을 떠났어. 그런데 느닷없이 돌풍이 불더니 배가 사정없이 흔들리기 시작했어. 사람들은 겁에 질려 난리가 이만저만이 아니었지.

유대인 부부와 두 자녀가 있었다. 네 사람은 거친 풍랑 속에서도 전혀 두려워하지 않는 것처럼 보였다.

"동무들은 무섭지도 않습둥?" 누군가 그들에게 물었다.

"뭐가 무섭단 말입니까?" 유대인 남자가 되물었다.

"곧 난파할지도 모르잰소? 그러니깐드루 배가 마사진대도 아무렇지 않단 말임메?"

그러자 유대인 남자가 픽 웃으며 말했다.

"배가 부서면 어때서? 어차피 우리 배도 아닌데!"

이것도 본질을 망각한 유머. 재물만 밝히는 유대인을 풍자한 유머인데 이 유머를 만든 사람도 유대인이야. 이런 유머로 스스로를 반성하고 있는 셈이지.

아무튼 배에 탄 사람들 모두 멀미를 하며 토하고 울부짖기 시작했어. 〈고독〉은 그만 정신을 잃고 말았지.

얼마나 시간이 흘렀을까? 눈을 떠보니 〈고독〉은 백사장에 누워 있었어. 근처에는 배가 부서져 있었지. 여기는 어딜까? 우리나라에 수백 개나 있다는 무인도 가운데 하나일까? 혹시 태평양의 섬은 아닐까? 이렇게 무인도에 혼자 버려지면 어떻게 살아가야 할까? 한번 상상해 봐.

『로빈슨 크루소』(1719)는 실제 사건을 소설로 쓴 거야. 난파를 당해 무인도에서 26년 동안이나 꼬박꼬박 일기를 쓴 사람이 있었는데, 대니얼 디포라는 영국 작가가 일기를 보자마자 냉큼 사들여서 소설로 만들었지. 사실 남의 글을 훔친 거나 다름없어.

남의 일기를 다듬어서 "형식적 사실주의를 대표하는 작품"으로 "최초의 본격소설이자 근대소설의 효시"라는 평가를 받기에 이르렀으니 어째 좀 민망한 듯해. 그런 평가의 이유는 이래. "작품 속에 제시되는 인물 묘사, 실제적이고 현실적인 사건의 성격, 명료하고 구체적인 시간과 장소와 배경 묘사, 명징한 문체, 세부적이고 구체적인 무수한 사실 등이 근대 소설의 정의에 정확히 부합한다." (모 출판사의 서평 인용)

이런 호평이 전부 남의 일기를 베낀 덕분이라면? ……그래도 어쨌거나 남이 알아보지 못한 일기의 가치를 한눈에 간파하고 그걸 소설로 변모시킬 생각을 했다는 점에서 디포도 제 깜냥엔 창의적인 사람이라고 우쭐해할 만해.

2000년에 나온 영화 「캐스트 어웨이」에서는 주인공이 비행기 추락사고로 남태평양의 절해고도에 떨어져 4년 동안 혼자 살아가게 돼. 주인공은 시간과 싸우는 택배회사의 중역이었는데, 무인도에 떨어진 뒤에도 시간과 싸우게 되지. 전에는 너무나 바쁜 시간과 싸웠는데, 이번에는 너무나 고독한 시간과 싸우는 거야. 싸운다기보다는 버틴다고 해야 할까? 힘들어서 자살까지 하려고 했으니 말이야. 너무나 고독해서 배구공에 사람 얼굴을 그려놓고 친구로 삼지. 친구 이름은 윌슨이야.

한번 상상을 해봐.
난파당해서 무인도에 산 지 아주 오래되었어.
눈을 감고 그 삶을 느껴 봐.
느낄 만큼 느껴 봤다면, 이제 상황을 뒤집어서, 아주 오랫동안 무인도에서 살다가 구조되어 막 도시에서 살기 시작했다고 상상해 봐.

무인도에서 오래 살다가 인간사회로 돌아오면 큰 충격을 받게 될 거야. 무엇이 가장 큰 충격일까? 무인도에서 살게 되면 소중한 많은 것을 잃게 돼. 이제 돌아왔으니 소중한 것들을 되찾게 되었어. 그 소중한 것이 무엇일까?

앞에서 가장 소중한 것들에 대해 생각해 봤겠지? 가까이 있는 소중한 것들을 발견하는 방법 하나. 다름 아닌 무인도에서 갓 돌아온 사람의 눈길로 주변을 돌아보는 거야. 낯익은 것들을 낯설게 바라보기. 제3의 눈으로. 그러면 정말 소중한 많은 것들을 발견할 수 있을 거야.

소중한 것들의 발견, 이것이야말로 진정한 보물찾기라고 할 수 있어. 창의력은 보물찾기라니까!

만리장성이죠? 자장면 하나요!

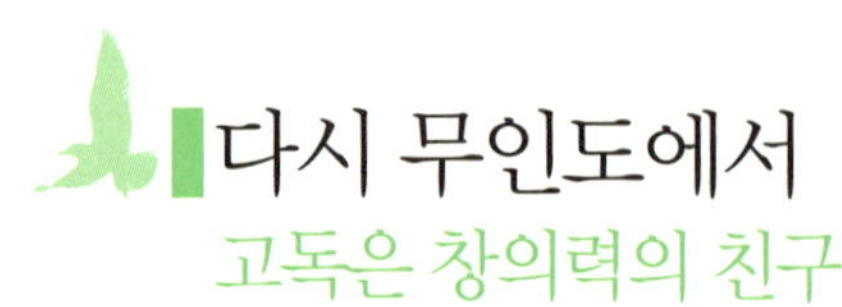

다시 무인도에서
고독은 창의력의 친구

유명한 사람들이 고독에 대해 뭐라고 말했는지 잠깐 귀를 기울여 볼까?

칼릴 지브란

"강한 자는 고독 속에서 성장하는데 약한 자는 시들어 버리지비."

"The strong grows in solitude where the weak withers away."

괴테

"재능은 고독 속에서 가장 잘 자란당께라?"

"Talents are best nurtured in solitude."

파블로 피카소

"위대한 고독이 없이는 진지한 작품을 만들 수가 없슈."

"Without great solitude no serious work is possible."

아리스토 텔레스

"고독에서 기쁨을 느끼는 자는 야수 아니면 신인기라."

"Whosoever is delighted in solitude is either a wild beast or a god."

증말 그런겨?

그럼 어디 야수나 신의 기쁨을 한번 진하게 느껴 볼까? 신대철 시인의 시를 두 줄만 먼저 읽어 보자. 제목, 「무인도를 위하여」.

바닷물이 스르르 흘러 들어와

나를 몇 개의 섬으로 만든다

사람은 외딴 〈섬〉 같은 존재인지도 몰라. 개미나 바퀴벌레 같은 곤충들은 말 대신 페로몬이라는 호르몬을 주고받으며 의사소통을 한다지? 그래서 무슨 생각, 무슨 느낌이든 똑같이 나눠가질 수가 있어. 하지만 사람은 언어가 발달하다보니 그런 기능이 발달하지 못했지. 말로는 제대로 아픔을 전달할 수가 없어. 내가 아플 때 누가 대신 아파 줄 수도 없고. 간절히 느낌을 공유하고자 하지만 결코 공유할 수 없다는 점에서, 사람처럼 외로운 동물도 없을 거야. 외로울 때 사람들은 정말 자기가 외딴 섬인 것처럼 느끼게 돼. 우리는 다른 사람을 속속들이 이해할 수도 없지만, 심지어는 "내가 왜 그랬지?" 하며 자기 자신조차도 이해가 안 될 때가 많아.

막막한 바다를 상상해 봐.

그리고 인적 없는 바닷가에 혼자 누워 있는 모습을 상상해 봐.

스르르 밀물이 다가와 몸이 바닷물에 잠기고 있어. 썰물에 드러났던 커다란 바위들이 물에 잠기며 여기저기 아주 작은 섬처럼 떠오르고. 결국 바위는 밀물에 가라앉고 말아.

이제 밀물이 밀려오는 것이 아니라, 바다가 송두리째 밀려온다고 상상해 봐. 그리고 외로움이 쓰나미처럼 덮쳐온다고 상상해 봐. 작은 섬들은 바다에 빠져죽기 전에 외로움에 먼저 빠져죽을 것만 같아. 내가 무인도 바닷가에 홀로 있다면 그 깊은 외로움에 익사하지 않을까?

고독을 피하려고 하지 말고 온전히 느껴 봐.

이제 바다가 스르르 밀려오는 것이 아니라, 우주가 밀려온다고 상상해 볼까?

무한 우주처럼 외로움이 울컥 밀려와, 외로움이 뚝뚝 손에 묻어날 것만 같아. 우주의 외로움을 가슴 가득 껴안아 봐. 우주가 스르르 흘러 들어와, 끝내 나는 별처럼 우주에 동동 떠올라…….

어때?

고독을 느껴 보았어?

고독孤獨이라는 한자말은 원래 어려서 부모를 여읜 아이(孤)와 자식 없는 늙은이(獨)를 가리키는 말이야.

무인도에서의 고독도 고독이지만, 오늘날에는 군중 속에서의 고독, 사람들 사이에서의 고독이 아주 심각해. 러시아의 소설가 안톤 체홉은 짓궂게 이런 말을 했지. "고독이 두렵거든 결혼하지 마라. If you are afraid of loneliness, don't marry." 결혼하면 고독해진다는 아이러니를 이해하겠어?

"나무 한 그루가 숲에서 쓰러지고 있는데 주위에 아무도 듣는 이가 없다면, 그래도 쓰러지는 소리가 날까?" 이건 꽤 유명한 옛 서양 철학 문제야. 이 문제를 빗대서 이런 글이 쓰인 티셔츠를 입고 다니는 사람이 있대. "숲에서 한 남자가 자기 생각을 이야기하고 있는데 그걸 듣는 여자가 없다면, 그래도 그건 허튼소리일까? If a man speaks his mind in a forest and no woman hears him, is he still wrong?" 대체 이 말이 무슨 뜻일지 잠깐 생각해봐.

지금. 눈 감고……

이건 아내한테 무슨 말을 해도 헛소리 취급을 당하는 남편의 애환이 서린 조크야. 이 남편의 고독이 물씬 느껴지지?

그런데 다른 사람들과 단절된 고독이 아니라 나 자신과 단절된 고독은 얼마나 가혹할까? "바닷물이 스르르 흘러 들어와/ 나를 몇 개의 섬으로 만든다". 나와 아내가 하나 아니고, 나와 친구가 하나 아닌 것은 그렇다 치더라도, 나와 내가 하나가 아니면 어쩌지? 내가 몇 개의 섬이 되고, 몇 개의 별이 되어 흩어진다면 어쩌지? 나는 나를 찾아가야 할까? 돛을 올리고? 아니 내가 돛이 되어? 눈에 안 보이는 투명한 돛이?

　신대철 시인의 「다시 무인도를 위하여」 마지막 구절을 감상해
보자.

　　그는 무인도 한복판으로 바람 부는 대로 걸어 나갔다, 그리고

　　우뚝 서서 그를 인간이게 하는 겉껍질을 깎는다, 깎을수록 투

　　명한 하나의 돛이 될 때까지.

창의력은 외딴 섬들과 별들 사이를 이어주는
이 시대의 막배

막배가 끊긴 뒤,
사람 없는 섬에 발이 묶인 사람들이,
노을의 일부가 되어 하늘에 떠오른다……

서울 중구 명동에 서로 경쟁하는 두 가게가 마주보고 있었다.

한 가게가 어느 날 이런 간판을 내걸었다.

「이 거리에서 가장 싼 집」

그러자 다른 가게가 응수했다. 「명동에서 가장 싼 집」

처음의 가게가 간판을 바꾸었다. 「중구에서 가장 싼 집」

다른 가게가 「서울에서……」

처음 가게가 「한국에서……」

다른 가게가 「극동에서……」

처음 가게가 「지구에서……」

다른 가게가 「우주에서……」

그러자 처음 가게 주인은 한숨을 푹푹 내쉬고 마지막으로 간판을 바꾸었다.

▶▶ **뭐라고 바꾸었을까? 우주에서 가장 싼 집보다 더 싼 이 집의 이름은? (해답은 106쪽에)**

 괴로울 때는 우주여행을 해
창의력은 신비의 세계에서 어슬렁거리는 것

중학생 시절. 나는 비탈에 우뚝 서 있는 학교 건물 몇 층엔가 우두커니 서서 운동장을 굽어보았어. 고소공포증은 없었지만, 순간 나는 공중에 붕 뜬 느낌을 받았어. 그리고 우주에, 무중력 상태에 놓여 있는 느낌이 들었어. 나는 떠돌이별처럼, 또는 항성처럼 둥실 떠 있는 느낌인 든 거야. 아, 여긴 어디지? 난 어디에 있는 거지? 나는 물론 중학교 건물 안에 있다는 걸 알고, 이 건물은 서울에, 서울은 한반도에, 한반도는 지구에, 지구는 태양계 안에 있는 걸 아는데, 우리 우주는 어디 안에 있지? 우리 우주 밖에는 뭐가 있지? 이런 생각을 하며, 우주를 느끼며, 나는 아찔했어. 아찔하면서도 황홀한 신비체험을 했지.

우리은하는 지름이 10만 광년쯤 된다는데, 별항성은 몇 개나 있을까? 약 4천억 개. 가장 가까운 이웃 은하는 안드로메다은하인데, 지구에서 250만 광년 떨어져 있고, 별의 수는 줄잡아 1조 개!

우주에는 1천억 개쯤의 은하가 있고, 은하마다 평균 1천억 개의 별이 있다는데, 실은 그보다 10배는 더 많다고 말하는 사람도 있어. 암튼 별들의 수는 지구 바닷가와 사막의 모래알 수보다 훨씬 더 많아.

나는 자주 우주여행을 해.

수많은 은하가 작은 섬처럼 흩어져 있는 광막한 우주. 걸핏하면 우주에서 길을 잃고 떠돌곤 하지. 우주에 딱히 길이랄 건 없지만, 내가 어디쯤 있는지를 종잡지 못하고 마냥 헤매는 거야. 아무렴 어때. 눈만 뜨면 바로 현실로 귀환할 수 있는걸.

같이 우주여행을 떠나 볼까?

그래, 편안한 자세로 앉아서 눈을 감고, 온몸의 힘을 쭉 빼. 숨은 항상 깊이 들이쉬고, 천천히 내쉬는 게 좋아. 자, 밤하늘을 상상해 봐.

희끄무레한 별들이 여남은 개 떠 있는, 공해에 찌든 도시의 밤하늘이 아니라, 수없이 많은 별들이 초롱초롱 불을 밝히고 마치 강물처럼 흐르거나, 장터처럼 붐비는 그런 밤하늘 말이야. 빛 공해가 없는 곳에서 밤중에 우리은하의 중심부를 바라보면 바로 그런 하늘을 볼 수 있지. 나 어릴 때만 해도 밤하늘이 찬란했어.

멀리 안드로메다은하가 보이네? 은하 전체가 하나의 별로 보여. 세상에! 망원경으로 보면 빛나는 중심부를 밝은 구름이 감싼 것처럼 보여. 흩어져 있는 수많은 별들이 뿌연 구름처럼 보이는 거야! 그럼 안드로메다은하에 잠깐 가볼까? 폴짝! 도착하는 데 0.5초 걸렸다. 우리는 빛의 속도를 훌쩍 뛰어넘는 생각의 속도로 우주여행을 할 수 있거든.

안드로메다은하에서 우리은하를 바라보니 역시 별 하나로 보이네? 크기가 좁쌀만 해. 이거야, 원! 저 좁쌀만 한 것 속에 태양과 같은 별이 4천억 개나 들어 있다니. 억! 지구와 같은 행성도 수천 억(억!) 개나 들어 있다니. 저 좁쌀만 한 것 속에.

안드로메다은하보다 작긴 해도 우리은하는 아주 초롱초롱해. 뒷짐 지고 슬슬 다가가 보자. 삼선슬리퍼를 찍찍 끌면서. 끌긴 어따

대고 끄냐고? 그럼 롤러블레이드나 롤러코스터를 타고. 낭만을 원한다면, 어린왕자처럼 지나가는 철새를 잡아타고.

가까이 가 보니, 그 코딱지만 하던 것이 이루 말할 수 없이 크네? 우리은하를 끝에서 끝까지 가로지르는 데 빛의 속도로 10만 년이 걸린다기에 심심풀이로 계산을 해봤어. 양자로 추진력을 얻는 "우주 돛배"를 만들면 우주 공간에서 최고 시속이 11만 킬로미터에 이를 거라는데, 이 속도로 우리은하를 한 번 횡단하는 데는 10억 년 가까이 걸려. 정말 크긴 크다! 하지만 생각의 속도로는 1초 만에 왕복도 할 수 있지. 멀리서 보면 좀만 한걸 뭐.

한자말 우주宇宙를 "집 우, 집 주"라고 새기는데, 옛날에는 "울 우, 줄 주"라고 했어. 울이란 울타리, 곧 공간을 뜻하는 말이야. 줄이란 말 그대로 새끼줄 같은 것으로, 시간을 뜻하는 말이야. 우주란 울 줄, 곧 공간과 시간을 뜻하는 말이지(이런 걸 알면, 한자를 중국 한족이 아니라 우리 직계조상이 만들었다는 주장이 솔깃하게 들려). 서양에서 시간과 공간이 하나라는 것을 알게 되어 시공space-time 이라는 하나의 낱말을 만든 게 아이슈타인 시대였는데, 고릿적부터 우리 조상들은 이미 우주를 시공으로 파악하고 있었다는 이야기야.

이 막막한 시공에서 역시 볼 만한 행성은 지구밖에 없어. 은빛으로 괴괴하게 빛나는 달, 크레이터 가장자리에 걸터앉아 지구를 바라보자. 아이구야, 저 매실만 한 푸른 지구에 70억 명이나 되는 인간이 복닥거리며 살고 있단 말이지. 무슨 미생물처럼! 아니, 〈~처럼〉이 아니라, 달에서 보면 지구 인간은 미생물 맞아.

미생물微生物「명사」「생물」

눈으로는 볼 수 없는 아주 작은 생물. 보통 세균, 효모, 원생

동물 따위를 이르는데, 바이러스를 포함하는 경우도 있다.

표준국어대사전의 이 정의에 〈인간〉을 포함하도록 하자.

미생물微生物「명사」「생물」

눈으로는 볼 수 없는 아주 작은 생물. 달에서는 인간도 포함

한다.

우주에 비하면 티끌만 한 우리은하, 우리은하에 비하면 티끌만 한 태양계, 태양계에 비하면 티끌만 한 지구. 우주여행을 하던 나는 울컥해서 시를 한 편 썼어. 제목「티끌 속에서」

티끌 속에서 누가 울어요. 티끌 속에서 장마전선이 북상하고,

티끌 속에서 사랑을 나누고, 누구는 티끌 속에서 일면불 월면

불 염불을 하고, 티끌 속에서 부음을 들어요. 티끌 속에서 꽃

송이에 코를 대고 킁킁거리다 그만 아뜩해져요. 때로 나는 티끌 속에서 인생역전도 꿈꾼다고요.

우주여행을 하다 보면 인생사 온갖 괴로움을 다 떨쳐 버릴 수 있어. 괴로울 때는 자기도 모르게 숨을 할딱거리게 돼. 그럴 때면 깊이 숨을 들이쉬고 천천히 내쉬며, 긴장을 풀고, 우주여행을 해봐.

티끌 속의 티끌 속의 티끌 속에서 괴로워하는 미생물이라니! 내가 괴로워한다는 사실, 내가 괴로워할 수 있다는 사실이 오히려 기적 같아. 염불을 하는 미생물이라니. 사랑에 퐁당 빠져 가슴 뭉클해하는 미생물. 꿈꾸는 미생물.

날마다 꿈을 살고, 아침 일찍 일어나 언제나처럼 설레며 또 새로운 하루의 꿈을 맞이하는 미생물.

한편으로는 어린것들이 하루 평균 3만 명씩 굶어죽어도 속수무책인 미생물. 먹을 것만 있다면 마냥 행복해할 수도 있는 미생물. 돈 좀 벌어 보자고 사기 치는 데 혈안이 된 미생물.

아름다움에 취해 시를 쓰는 미생물. 달을 바라보며 그리움에 사무치는 미생물…….

이것이 다 기적이 아니면 다른 무슨 기적이 있을 수 있지?

창의력은 괴로움을 후벼 파서 코딱지로 만드는 것

재즈 영화 「라운드 미드나이트」에 이런 대사가 나와(정확한지 몰라). "아기는 엄마 뱃속에 있고, 엄마는 세상 속에 있고, 세상은 우주 속에 있고, 우주는 무Nothing 속에 있다."

앙? 괴로움 어디 갔지?
헉! 컴퓨터 모니터에 달라붙었다!

** 99쪽 해답 : 「이 거리에서 가장 싼 집」. (앞집도 이 거리에 있다.)

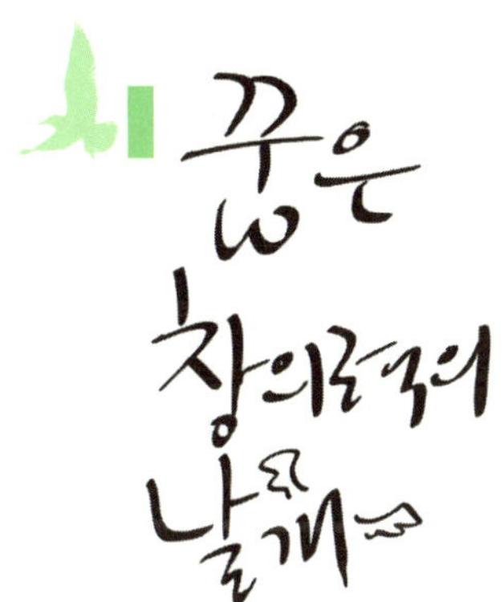

꿈은 창의력의 날개

소망이라는 이름의 소녀가 있었어.

소망은 하기 싫은 숙제를 겨우 끝내고 일기도 억지로 썼어. 그리고 잠자리에 누워 기도했지. "내일부터는 숙제가 없었으면!" 기도가 얼마나 간절했는지, 자다가 숙제 없이 사는 꿈을 다 꾸었어.

이튿날 학교에 갔는데 그날따라 숙제가 하나도 없었어. 이게 웬일이람? 덕분에 즐겁게 놀았지. 그런데 다음 날, 또 다음 날, 다음, 다음, 다음 날도 숙제가 하나도 없었어. 너무나 이상해서 물어보지 않을 수 없었지.

"선생님, 왜 숙제를 안 내주세요?"

"앙? 숙제? 숙제라는 게 뭔데? 그거 혹시 일본말 아니냐?"

"!"

농담할 기분이 아닌데 괜히 딴전부리셔!

"선생님, 정말 숙제가 뭔지 모른단 말씀예요?"

선생님은 어깨를 으쓱하고, 반 친구들은 깔깔 웃어댔어. 어떤 친구는 집게손가락을 머리에 대고 뱅뱅 돌렸지. 돌았다고 말이야.

소망은 화가 나기보다 어이가 없었어. 그러다 문득 전에 꾸었던 꿈 생각이 났지. 아, 진짜! 진짜로 꿈이 이루어진 거야! 숙제가 없어졌어! 숙제라는 말조차 없어졌어! 그날 잠자리에 든 소망은 또 간절히 기도했어. 시험 삼아서. 이번에는 시험이 없어졌으면 좋겠어! 소망은 자다가 시험이 없어진 세상 꿈을 꾸었어. 그리고 시험 보는 날까지 기다릴 수 없어서 다음 날 바로 질문을 던졌지.

"선생님, 언제 시험 봐요?"

"앙? 시험? 아니 얘가 또 귀신 봉창 뜯는 소리하고 있네?"

반 친구들이 왁자하게 웃어젖혔어. 학교에 애당초 시험이라는 게 없는 거야. 시험이라는 말조차 없어졌어!

"만세!"

소망은 자기도 모르게 두 팔을 번쩍 쳐들고 만세를 외쳤어. 아, 이럴 줄 알았으면 진작 꿈을 꿀걸! 이제라도 꾸었으니 됐어! 또 뭔 꿈을 꿀까? 소망은 설레서 가슴이 다 두근거렸어.

하늘을 나는 것이 황당무계한 꿈이었던 시절이 있었어. 태양을 향해 날다가 추락한 이카루스의 신화가 다 있을 정도잖아? 그런데 지금 인간은 지구를 벗어나 먼 우주까지 날아갈 수 있게 되었지. 옛날에 꿈만 꾸었던 바다 목장도 실현이 되었어. 이제는 회로 즐겨 먹는 생선이 대부분 양식한 거야. 미역, 김, 홍합, 멍게도 죄다 양식한 거지.

이탈리아의 구글리엘모 말코니는 자기가 만든 무전기의 성능을 높이면 아주 먼 거리까지도 무선전파를 보낼 수 있을 거라고 생각했어. 그래서 이탈리아에서 대서양 건너편까지 무선신호를 보내겠다는 야무진 꿈을 꾸었지. 당시 전문가들은 하나같이 그걸 "무식한" 꿈이라고 비아냥거렸어. 전파는 직진하는데 지구는 둥그니까 그게 불가능하다는 것이었지. 대기권 위에는 전리층이 있어서 전파를 반사한다는 사실을 당시에는 아무도 몰랐던 거야. 말코니는 비웃음에도 아랑곳하지 않고 실험을 거듭해서 마침내 꿈을 이루고야 말았어.

오랜 옛날부터 인간은 불노불사의 꿈을 꾸어왔어. 인간이 늙지도 죽지도 않는다는 건 불가능한 꿈이라고 생각해? 하지만 한오백년이 가기 전에 이 꿈이 이루어질걸, 아마? 인생칠십고래희人生七十古來稀라는 한자말이 있어. 예로부터 인간이 70년을 사는 일은 드물다는 뜻이야. 그래서 70세를 고희古稀의 나이(예로부터 드문 나이)라고 했지. 그런데 지금 우리나라 남자의 평균 수명이 70세를 훌쩍 넘어섰어. 여자는 80세를 넘어섰지. 앞으로는 건강관리만 좀 하면 다들 100살 정도는 거뜬히 살 거라고 해. 이만하면 인간은 장수의 꿈을 이룬 셈이야.

"황당무계한" 꿈, "무식한" 꿈, "말도 안 되는" 꿈, "터무니없는" 꿈. 꿈 앞에 붙은 이 꾸밈씨들은 모두 천부당만부당, 천만부당, 만만부당하다는 사실을 인정하지 않을 수 없겠지? 좋았어! 그럼 이제 꿈을 꾸어보자!

무슨 꿈을 꿀까? 우주여행? 연예나 스포츠 스타, 아님 초능력자가 되는 꿈? 신세계와 인간 개조의 꿈? 100달러짜리 돈다발 벽돌로 별장을 짓고 사는 꿈은 어떨까? 지구 환경을 파괴하는 인간은 지구의 기생충이나 암적 존재라고 할 수도 있으니, 인간을 죄다 개미만하게 만들어버리는 꿈은 어떨까? 이 꿈을 한 편의 영화로 만들면 그럴듯하겠지?

실현 가능성이 전혀 없어 보이는 꿈이라도 좋아. 사실 불가능한 꿈일수록 더욱 좋을 수도 있지. 자신의 문제점이라고 생각하는 것을 고쳐보는 현실적인 꿈도 좋아.

자, 꿈을 꾸었어.

꿈을 꾸는 것도 중요하지만, 이제부터가 더욱 중요해. 자,

"꿈을 살아 봐!"

지금 이 세상을 살듯이, 이루어진 꿈 세상을 사는 거야. 어떻게? 어떻게? 하고 묻지 말고 그냥 살아 봐. "초능력자가 되고 싶다"고 막연히 꿈꾸는 게 아니라, 초능력자가 되어서 살아가는 삶을 마음

껏, 구체적으로, 상상할 뿐만 아니라 느껴 보는 거야.

가수의 꿈을 꾸었어. 그럼 실제로 가수가 되어서 살아가는 삶을 구체적으로 상상하며 즐기는 거야. 기가 막힌 멜로디와 화음에 수많은 청중들이 열광을 하다가 아예 다 까무러쳐. 때로는 홀로 작곡을 하며 무아지경에 빠지기도 하겠지. 꿈을 이루었으니 행복할 거 아냐? 한없는 행복을 느껴 봐. 느끼는 것! 이것이 중요해. 꿈을 이루어서 가슴이 너무나 벅차! 그걸 느껴 봐. 나중에 가수가 되어서 느끼겠다고? 그럴 것 뭐 있어? 지금도 얼마든지 느낄 수 있는걸? 가슴 벅찬 것을 앞당겨 느낄 수 없다면, 그건 진정으로 원하는 꿈이 아닐 가능성이 높아.

꿈을 이루었으니 간단한 소감 정도는 글로 남길 만하겠지? 짧게라도 부담 없이 한번 써 봐. 쓰기 싫음 말고. 암튼 느끼는 것이 중요해!

그 어떤 꿈이든 꿈을 꾸고, 상상하고 느끼는 것, 이것은 유치한 장난이 결코 아니야. 덧없는 망상도, 허튼 짓도 결코 아니야. 알고 보면 꿈은 우리 삶의 이유! 꿈이 없으면 열정도 없어.

꿈은 어떤 꿈이라도 좋지만, 가장 좋은 것은 자기가 진정으로 원하는 것을 꿈꾸는 거야. 진정으로 원할 때 더없이 큰 열정을 발휘하고, 잠재능력까지 발휘할 수 있으니까. 내가 진정으로 원하는 것은 무엇일까? 그걸 발견하려면 「세상에서 가장 위대한 질문」 이야기와 「가장 소중한 것」 이야기로 다시 돌아가서 생각해 봐.

베토벤은 나이 들어 귀가 멀어서 음악을 들을 수가 없었어. 하지만 음악을 꿈꾸었지! 꿈을 꾸면서 귀가 아닌 가슴으로 분명 음악을 느꼈을 거야. 가슴으로 들을 수 있었을 거야! 완전히 귀가 멀어서도 위대한 교향곡을 작곡할 수 있었던 것은 오로지 꿈을 꾸었기 때문인 거야.

꿈은 창의력의 날개라니깐.

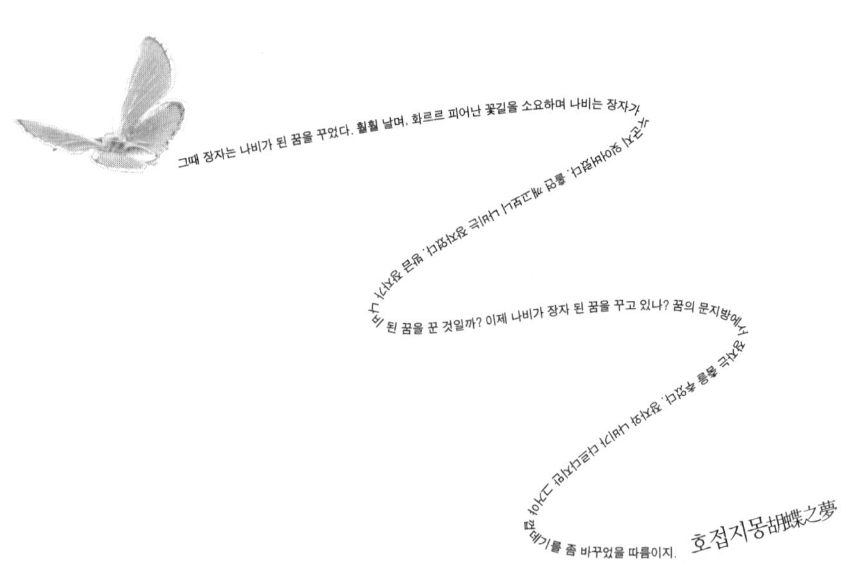

나는 나의 어머니이고 나의 딸

"어린이에게는 어린이만의 세계가 있다."

이런 생각은 약 250년 전 서구 계몽주의 시대 들어 비로소 싹트기 시작했어. "어린이만의 세계"라는 게 비로소 발견된 거야. 이전까지 어린이는 오늘날 우리가 생각하는 어린이가 아니라 그저 덜 큰 인간이었을 뿐이야. 농부의 자식이라면 덜 큰 농부, 광부의 아들이라면 덜 큰 광부였던 거야. 어린이는 어른처럼 굴고, 어른처럼 행동해야 기특하다는 소리를 들었지.

그러다 200년 전 낭만주의 시대 들어서 "어린이는 어른의 아버지 The Child is father of the Man."라는 소리까지 듣게 되었어. 영국 시인 윌리엄 워즈워스의 그 유명한 시 「무지개」를 잠깐 읽어 볼까?

하늘의 무지개를 볼 때면

내 가슴 두근거리네.

어려서 그러했고

다 자란 지금도 그러하니

늙어서도 그러하리,

아니면 죽어야지.

어린이는 어른의 아버지

바라노니 날이면 날마다

자연을 경외하고 또 경외하기를.

   어른이 아이를 낳는다는 것이 상식인데, 워즈워스는 그것을 진부한 고정관념이라고 꼬집고 있어. 실은 그 반대라는 거야. 아이가 어른을 낳는다! 어떻게? 물론 생물학적으로 낳는 건 아니야. 문학적, 시적, 철학적으로 낳는 거지.

   나는 (남자니까) 나의 아버지이고, 나는 나의 아들이야. 왜냐하면 미래의 나를 만드는 것은 나 자신이니까. 과거의 내가 지금의 나를 만들었고, 지금의 내가 미래의 나를 만들게 돼. 스무 살의 내가 마흔 살의 나를 낳고, 열 살의 내가 쉰 살의 나를 낳는 거지. 그러니 아이가 어른의 아버지일 수밖에. 〈시인 워즈워스〉를 낳은 것은 그의 생물학적 아버지가 아니라, 〈무지개에 가슴 두근거리던 아이〉였던 거야.

그런데 어린이만의 가슴 두근거리는 세계, 청소년만의 질풍노도의 세계는, 어른이 된 뒤 까맣게 잊어버리기 쉬워.

잊지 않으려면 물론 일기를 쓰는 것이 최고야. 날마다의 이런저런 생각과 느낌을 꼬박꼬박 기록해 둔다면, 그리고 자기(와 주변) 관찰 기록을 남긴다면, 훗날 하마터면 잃어버릴 뻔한 엄청난 보물을 그 기록에서 발견하게 될 거야.

창의력은 또 보물찾기! 아니, 보물 창조!

"같은 강물에 두 번 발을 담글 수 없다. You can't step into the same river twice." 헤라클레이토스

흐르는 시간과 더불어 세계와 삶은 늘 변한다는 뜻이야. 하지만 기록하는 습관을 들이면, 강물을 일기장에 담아 놓을 수 있어. 하루하루의 세상이 황량한 사막 같을 때, 일기장을 펼치면 노래하는 우물을 발견할 수도 있게 될 거야.

일기에는 생각과 느낌만이 아니라 비밀을 담아둘 수도 있어. 꽁꽁 숨겨두고 싶은 비밀들을 모아두면, 훗날 가슴 뭉클하게 아름다운 "비밀의 화원"을 갖게 될 거야.

창의력은 비밀의 화원

사람이 비밀이 없다는 것은 재산 없는 것처럼 가난하고 허전
한 일이다.　　　　　　　　　　　　　　　　　　　　　－이상

그 재산, 그 비밀의 화원, 노래하는 우물과 강물, 지난날의 가슴
두근거림, 그 엄청난 보물, 그 모든 것으로 인해, 훗날 "나"는 "나"
의 어머니이자 딸인 것을 마냥 자랑스러워하게 될 거야.

늙수그레한 신부가 갓 신부가 된 젊은이에게 익살 하나를 가르쳐 주었다.

"형제자매님들이 꾸벅꾸벅 졸기 시작하면 나는 뜬금없이 이런 말을 한다네. '간밤에 나는 다른 남자의 아내와 잤습니다.' 그러면 형제자매님들은 놀라서 잠이 확 달아나지. 그때 이렇게 말한다네. '그 여자는 우리 어머니이십니다.'"

젊은 신부는 무릎을 쳤다. 이걸 꼭 써먹어야지!

다음 주일. 많은 신도들이 졸기 시작하자 그는 큰 소리로 외쳤다.

"간밤에 나는 다른 남자의 아내와 잤습니다!"

신도들이 화들짝 놀라 눈을 동그랗게 떴다. 그러자 젊은 신부가 떠듬떠듬 말했다.

"아이쿠, 그 여자가 누군지 잊어버렸어요!"

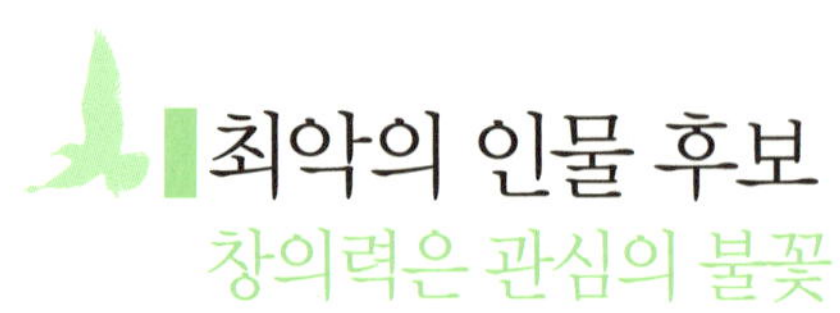

최악의 인물 후보
창의력은 관심의 불꽃

미국 3대 일간지로 손꼽히는 「워싱턴 포스트」지는 1995년 송년호에서 지난 1천 년 간 인류 최고의 인물과 최악의 인물을 선정해서 발표했어. 최고의 인물로는 칭기즈칸, 최악의 인물로는 히틀러가 뽑혔지. 최악의 인물 후보에는 히틀러 외에 칭기즈칸, 스탈린, 찰스 다윈이 뽑혔어. 최고의 인물로 평가받은 칭기즈칸이 최악의 인물 후보로도 뽑혔다는 것이 묘하지? 그런데 눈길을 끄는 것은 찰스 다윈이야. 다윈이 인류 최악의 인물 후보로 뽑힌 것은 "적자생존과 약육강식의 논리로 폭력과 인종주의를 정당화했다."는 이유에서였어.

참고로, 「워싱턴 포스트」지가 선정한 최고의 과학자는 아인슈타인(2등은 코페르니쿠스). 최고의 천재는 셰익스피어. 가장 위대한 발명 3

위 비행기, 2위 전기, 1위 인쇄기. 가장 위대한 그림은 로마의 시스틴 성당 천장에 그려진 미켈란젤로의 그림(아담과 여호와가 손가락 마주치는 그림). 가장 위대한 곡은 모차르트의 「피가로의 결혼」…….

다윈이 진화론을 설명한 『종의 기원』을 발표한 것은 1859년이야. 150년이 좀 넘었지. 이 진화론 때문에 세상은 발칵 뒤집어지고 말았어.

지구 생물이 진화를 해왔다는 것은 과학적으로 이미 충분히 증명된 사실이야. 예를 들면, 다리가 달린 고래 조상의 화석이 거의 원형 그대로 최근에 발견되었어. 깃털이 없고 부리가 있는 새의 조상도 발견되었지. 그런 과학적 증거가 이제 넘치도록 많아. 하지만 〈진화의 원리〉는 과학적으로 증명되지 않았어. 그래서 진화는 사실이라도, 다윈의 〈진화론〉은 과학적 진실이 아니라 가설일 뿐이지. 다윈이 말한 진화의 원리는 순 엉터리일 수도 있다는 이야기야.

그걸 구분하지 않고서 진화가 사실이니까 다윈의 진화론도 사실인 줄 착각하는 사람이 많아. "다윈의 진화론은 틀렸다 해도 지구 생물이 진화한 것은 맞다." 이 말을 이해하겠지?

그런데 결코 진화를 한 게 아니라면서, 그리스도교 성경의 창세기 이야기가 문자 그대로 사실이라고 우기는 사람도 많아. 생물이 진화를 했다고 해서 신의 존재가 부정되는 것도 아닌데 말이야.

그리스도교 창세기를 잠깐만 살펴볼까?

첫째 날 하느님이 "빛이 있으라." 해서 낮과 밤을 만들었어. 그런데 아직 태양은 없어. 넷째 날이 되어야 태양과 달을 만들지. 그럼 "빛"이란 게 대체 뭘까? 그건 그렇고 맨 처음 세상은 물바다였어. 그래서 둘째 날 물을 가르고 그 사이에 궁창하늘을 만들어 넣었지. (물바다는 누가 만들었는지 따지지 말자.)

셋째 날 하늘 아래의 물을 한 곳으로 모아 바다를 만들고, 드러난 맨땅에 풀과 "씨 있는 과일나무"가 자라게 했어. 근데 속씨식물인 과일나무가 생긴 것은 비교적 최근의 일이야. 줄잡아 1억 3,000만 년 전쯤? 화석에 나타난 증거에 따르면, 그 무렵 지구의 육상은 파충류인 공룡이 지배했어. 곤충도 번성했고, 조류와 포유류가 막 등장했던 시기야. 그러니까 조류와 포유류가 생긴 다음에 비로소 꽃이 태어난 거야! 그런데 창세기에 따르면 태양도 없는데 꽃과 과일나무가 먼저 생겼다네?

마침내 넷째 날 태양과 달을 만들고, 다섯째 날 용과 어류와 조류를 만들었어. 그리고 여섯째 날, 땅에 사는 온갖 동물을 만들었지. 그러니까 파충류인 뱀은 물론이고 굼벵이와 벌레와 양서류도 여섯째 날 만든 거야. 그리고 같은 날 마지막으로 사람을 만들었어. 알다시피 남자를 먼저 만들고, 남자의 갈비뼈로 여자를 만들었지.

이런 이야기를 어떻게 문자 그대로 사실이라고 믿을 수가 있을까?

여자를 남자의 부속물로 보았다는 건 아주 엄격한 가부장제가 지배하던 시대에 창세기를 썼다는 뜻이야. 가부장제 사회에서는 어떤 여자를 원했는지, 우스갯소리 하나 들어 봐.

아담이 처량하게 에덴동산을 걷고 있는 모습을 본 하느님이 물었다.

"왜 그려?"

"이야기 나눌 사람이 없어서요."

그러자 하느님이 그에게 "우먼woman(아담은 사람man이고, 이것은 여자사람이라는 뜻. 곧 여자는 남자로부터 파생된 존재, 또는 남자의 곁다리 존재라는 의식이 담겨 있는 아주 흉측한 낱말)"이라고 불리게 될 반려자를 만들어 주겠다며 이렇게 말했다.

"그녀는 너를 위해 요리와 빨래를 해줄 것이다. 네가 어떤 결정을 내리든 군말 없이 따를 것이며, 너의 아이를 쑥쑥 낳아 줄 텐데, 한밤중에 보채는 아이를 돌보라고 너를 발로 차서 깨우는 만행을 저지르지 않을 것이다. 네가, 안 돼! 하고 외치면 바로 머리를 조아릴 것이며, 머리 아프다는 소리 한 마디 하지 않을 것이며, 필요할 때면 대가없이 사랑을 무한정 베풀어 줄 것이다. 어떠냐?"

아담이 물었다. "얼마예요?"

"팔 하나와 다리 하나는 내놓아야지."

"……갈비뼈 하나로 안 될까요?"

남자한테는 필요 없는 젖꼭지도 떼어주지 그랬어? 그랬으면 남편을 발로 차서 깨우는 일만큼은 없었을지 모르잖아.

진화는 사실인데, 진화의 원리는 거짓일 수 있다고 했지? 다윈이 말한 진화의 원리는 "자연 선택"이라는 거야. 그게 무슨 뜻인지, 다윈은 이렇게 밝혔어. "생존에 적합한 종은 생존경쟁에서 살아남고 부적합한 종은 멸종한다." 그러니까 "적자생존survival of the fittest"이 바로 다윈이 말한 "자연 선택natural selection"의 의미야. 당시 진화론 지지자들은 "적자생존"과 "경쟁"이라는 말에 열렬히 환호했어. 브라보!

왜? 자기들이야말로 적자(살아남기 적합한 자)이고 강자라고 생각했으니까. 진화론을 받아들이면 약자를 짓밟고 없애버려도 양심에 거리낄 게 없어. 그게 자연의 이치이고, 그래야 진화와 진보가 이루어진다니까. 그래서 제국주의자들은 더욱 활개를 치고 해적질을 해대며, 평화롭게 사는 먼 나라에 쳐들어가 노략질을 하는 데 더욱 열을 올리기 시작했어. 약한 나라를 짓밟아도 그건 나쁜 짓이 아니야. 오히려 더욱 그렇게 해야만 해. 더 나은 진화를 위해서! 다시 브라보!

진화를 위해 병자와 기형인, 너무 허약한 사람, 발전이 더딘 사람을 솎아내서, 영원히 지상에서 제거해야 한다! 백인이 가장 우월한 인종이니, 열등한 다른 인종은 몰살시키거나 노예로 삼자. 그것은 바람직한 일이다! 왜? 그러한 생존 투쟁을 통해 진화와 진보가 이루어지니까! 전쟁을 할 일이 없으면 기업끼리, 개인끼리라도 생존 경쟁을 하게 하라. 대기업은 인정사정 볼 것 없이 작은 기업을 먹어치워라. (초고추장 발라서 날로 먹을래, 찜 쪄 먹을래?) 그것이 자연의 이치이고 바람직한 행동이다! 국가는 약자를 보호하지 마라!

이것을 찰스 다윈이 의도한 건 아니겠지만, 원천적인 사고방식이 그랬으니 다윈을 인류 최악의 인물 후보로 꼽을 만해.

내가 보기에, "약육강식"을 배경에 깔고 있는 "적자생존" 이론은 자연을 폭넓게 객관적으로 바라본 것이 아니야. 우물 안 개구리 같은 관점이랄까? 순전히 이기적이고 서구의 인간중심적인 관점에서 바라본 아주 치졸한 이론이라고 난 생각해.

잘 사는 종이 살아남는다고 하자. 그러면 잘 산다는 것이 뭘까? ("잘산다"는 것은 부자라는 뜻이지만, "잘 산다"는 것은 돈과 무관한 거야.) 다윈을 비롯한 당대 진화론 지지자들, 그리고 수많은 현대인들까지도, "경쟁에서 이기는 것"만이 잘 사는 길인 줄 알아. 얼핏 생각하면 그럴듯하지만, 그건 사실이 아니야.

좋은 예술가가 되는 것이 경쟁과 무슨 상관이지? 좋은 선생님, 훌륭한 판검사, 지혜로운 의사가 되는 것이 경쟁과 무슨 상관이 있지? 세일즈는 경쟁이 아주 치열한 업계인데, 예를 들어 자동차 판매왕이나 보험왕이 되는 것은 경쟁과 아무 상관이 없어. 치사하게 고객

빼앗기 싸움을 해서 왕이 될 수 있는 게 아니거든. 음식점을 운영한다고 하자. 정성껏 맛있는 요리를 해서 손님을 잘 모시는 것이 경쟁일까? 알고 보면 잘 사는 길은 경쟁과 아무 상관이 없어.

판검사, 의사, 선생님이 되려면 먼저 경쟁시험에서 이기기부터 해야 한다고? 물론 시험을 치러서 합격해야 하지만, 그건 남과의 싸움이라기보다 자기 자신과의 싸움이야. 시험 준비를 하는 과정은 남과의 경쟁이 아니거든.

순위 다툼을 하는 마라톤 같은 스포츠가 겉보기에는 치열한 경쟁으로 보이지만, 이것 역시 본질적으로 자기와의 싸움이야. 핵심은 경쟁이 아니라 극기인데, 구경꾼들이 심심하니까 경쟁을 눈여겨보는 것뿐이지.

경쟁을 통해 사회가 발전한다고 주장하는 사람들이 있어. 경쟁을 한다는 것은 본질적으로 모자란 것을 서로 차지하려고 하거나, 더 많이 차지하려고 한다는 뜻이야. 경쟁은 곧 탐욕의 발로지. 탐욕스런 경쟁을 통해 발전하는 사회가 과연 바람직한 사회일까? 실은 추악한 사회가 아닐까?

상어처럼 사나운 동물도 없는데, 먹이가 모자랄 때는 상어들끼리 먹이 다툼을 하기도 해. 마치 치킨 게임을 하듯이 서로를 향해 맹렬히 돌진하는데, 그러다 서로 물어뜯으면 분명 둘 다 죽을 거야. 그런데 아무도 안 다쳐. 마지막 순간에 반드시 한 마리가 양보를 하거든. 사나운 상어들도 알고 보면 서로 다툼을 하지 않으려고 애를 쓰는 거야.

가을이 되면 두 마리 수컷 순록이 박치기를 하는 소리가 산을 쩌렁쩌렁 울리기도 해. 발정기가 되어 누가 암컷을 차지할 것인지 겨루는 거야. 가장 건장한 순록이 무리의 암컷들을 독차지하지. 다윈 추종자들에겐 그것이 치열한 생존경쟁으로 보일 거야. 전형적인 승자 독식의 풍경이거든.

하지만 관점을 바꿔 보자.

나는 그것을 "경쟁"이 아니라 건전한 "토론"이라고 봐. 그것이 진짜 생존 경쟁의 싸움이라면 어느 한 쪽이 크게 다쳐야 정상일 거야. 하지만 아무도 다치지 않아. 생채기가 나거나 머리가 띵할 수는 있겠지만, 그게 무슨 싸움이겠어? 중요한 것은 그들에게 분명 "나"라는 자의식이 없다는 거야. 그러니까 수컷 순록들은 더욱 듬직한 "우리" 후예를 생산하기 위해 한 30분 동안 박치기를 하며 토론을 한다고 볼 수 있는 거야. 그 사이에 제3의 수컷이 슬그머니 짝짓기를 한다더군.

물개 들도 가장 건장한 수컷이 무리의 암컷들을 독차지하는데, 두 마리 수컷이 소리를 질러대며 "토론"을 하지. 입을 쩌억 벌리고 고래고래 소리를 질러대는데 그게 싸움이겠어? 그건 어떡하면 훌륭한 후예를 생산할 것인지 아주 열렬히 침 튀기며 토론하는 것이 아닐 수 없어. 어떻게 보면 그건 아름다운 토론이야. 다 후예를 위해서 그러는 거니까. 오로지 경쟁에서 이기기 위해 비겁하게 등 뒤를 노리는 일은 결코 없어. 못난 인간이나 그런 짓을 하지.

내가 보기에 오늘날의 지구 생물은 경쟁에 이겨서 살아남은 게 아니라, 조화를 이룸으로써 살아남았어. "조화"란 한 마디로 "사이 좋게 잘 지내는 것"이야. 지구가 극심한 환경의 변화를 겪은 적이 여러 차례 있었는데, 특히 그럴 때 변화에 발맞춰 잘 조화를 이룬 생물이 살아남은 거야. 그 사이에 자기도 모르게 진화를 하기도 했겠지.

자본주의는 공산주의와 달리 무한경쟁을 한 덕분에 경제가 발전을 할 수 있었다고 생각하는 사람이 많아. 정말 그럴까? 내가 보기에 공산주의 실험이 실패한 것은 경쟁을 배제했기 때문이 아니야. 폐쇄성과 경직성, 획일성 등으로 인해 급변하는 환경과 조화를 이루지 못했기 때문이야. 지금도 공산당 일당 독재를 하고 있는 중국이 개방을 하고 변화하는 환경과 조화를 이루기 시작하면서 경제가 비약적인 발전을 하고 있잖아?

<h2 style="text-align:center;color:green">창의력은 개방성, 유연성, 다양성.
창의력은 조화를 이루는 것</h2>

"조화의 원리"에 대해서는 혼자 곰곰 더 생각해 봐. 그런데 잠깐.

진화론 이야기에서 창의력 좀 느꼈어?

"창의력은 무슨! 골치만 띵 하네."

"창의력은 잘 사는 길! 여태 잘 사는 길을 생각해 본 거야. 남들을 이기려고 하지 말고 자기를 이기려고 하라는 성현들의……."

"아, 됐슈, 이제 그만!"

경쟁은 한정된 밥그릇 싸움.
창의력은 밥그릇을 늘린다.

진화는 사실인데 진화론은 뻥?! 뻥!

독재정권이 국민을 속이고 있을 때의 험악한 유머 하나.

아버지와 아들이 목욕탕에 갔다. 탕 속에서 아버지 왈. "뜨겁지 않다. 어서 들어 와라." 아들이 탕에 텀벙 들어갔다. "앗 뜨거! 세상에 믿을 놈이 하나도 없다더니!"

옛 소련의 우주비행사 티토프가 우주에서 돌아왔다.

독재자 흐루시초프가 티토프에게 물었다. "우주에서 혹시 누굴 보았나?"

티토프가 대답했다. "예, 신을 보았습니다."

그러자 흐루시초프가 말했다. "그럴 줄 알았어. 하지만 우리 공화국에서는 신이 없는 걸로 되어 있으니까 아무에게도 그런 말을 하지 말게!"

그 후 티토프는 러시아 정교회 대주교를 만나게 되었다. 대주교가 흐루시초프와 똑같은 질문을 했다.

티토프는 흐루시초프의 명령대로 대답했다. "아무도 보지 못했습니다."

그러자 대주교가 말했다. "그럴 줄 알았어. 하지만 우리 교회에서는 신을 믿어야 하니까 아무에게도 그런 말 하지 마슈!"

창의력은 믿음을 상실한 시대의
어둠을 밝혀줄 서치라이트

최고의 앎
창의력은 끝없는 관심과 호기심

세일즈맨이 다섯 살배기 아이의 엄마에게 아동용 백과사전을
팔려고 했다.

"이 책만 있으면 어린이가 물어보는 어떤 질문에도 척척 대
답해 줄 수 있습니다."

세일즈맨이 자신 있게 말했다.

"자, 꼬마야. 궁금한 거 많지? 아저씨한테 뭐든 물어 봐라. 이
책을 보고 척척 대답해 줄 테니까."

아이가 잠깐 생각하더니 물었다.

"하느님은 어떤 차를 타고 다녀요?"

"그것이 알고 싶다!"

이 말은 물론 "그것을 모른다"는 뜻이야. 하지만 뒤집어 말하면, "무엇을 모르는지 안다"는 뜻이기도 해. 그것을 한자말로 무지無知의 지知라고 하지. 위대한 철학자, 또는 현자에게 "무엇이 최고의 앎인가?" 물어보면, 한결같이 이렇게 대답할 거야. "무지의 지"라고. 무엇을 모르는지 아는 것, 그것이야말로 최고의 앎인 거야.

숭산(1927~2004)이라는 스님은 청소년 시절에 독립운동을 하다가 감옥에 갇히기도 했고, 대학에 들어갔다가 스물한 살에 중이 되었어. 용맹정진을 해서 바로 득도를 한 후, 나이 스물두 살에 여러 큰 스님들에게 인가를 받았어. 인가를 받았다는 건 크게 깨달았다는 것을 선배들이 철저하게 검증해서 인정해 주었다는 뜻이야.

마흔여섯 살 때인 1972년에 홀연히 미국으로 건너가 미국인들에게 깨달음을 전했는데, 이때 아는 영어 단어가 80개에 불과했다는 전설이 있어. 그런 영어 실력으로 미국인들의 가슴을, 아니 정신을 뒤흔들었다지. "걍 똑바로 가Only go straight!" 이 말에 미국 히피들이 모두 뿅 갔다는 거 아냐. 무엇보다도 유명한 말은 이거야. "오직 모를 뿐Only don't know!" 이 한 마디로 스님은 세계 각국에서 수많은 제자를 거두었어.

"오직 모를 뿐이다."
'크리슈나무르티' 라는 인도의 구루영적 스승도 "아는 것으로부터의 자유"를 강조했어.

아는 것이 아니라, 모르는 것이 진짜 지혜다! 이건 정말 대단한 생각 뒤집기가 아닐 수 없어. 이건 생각만 뒤집은 것이 아니라, 마음을 뒤집은 거야. 어떻게?

숭산 스님이 "모른다"고 할 때 그건 무책임하게 발뺌하고 회피하는 게 아니야. 반대로, 온몸을 던지는 거야.

예를 들어 여기 사과 한 알이 있어.

우리는 사과에 대해 너무나 많은 것을 알고 있지. 그런데 숭산 스님은 사과에 대해 "몰라!" 이건 대단한 경지가 아닐 수 없어. 이건 사과에 대한 모든 기존 지식을 버렸다는 뜻이야. 그리고 처음 보는 사물을 대하듯 사과에 반응할 수 있다는 뜻이야. 생전 처음 사과를 본다면, 인간은 관심의 불꽃을 지피게 될 거야. 오감과 육감까지 총동원을 해서 사과를 관찰하게 되지. 그리고 모든 상상력을 동원하게 돼.

때로 시인도 그와 비슷해. 낯익은 사과를 낯설게 바라볼 때 사과 시가 태어나거든.

창의력은 낯설게 바라보는 것

사과에 대해 모를 때, 사과는 신기하고 신비한 존재가 돼. 모른다는 것을 바꿔 말하면, 신비함을 안다는 거야. 신비함은 머리로 알

수 있는 것이 아니라, 가슴으로만 알 수 있지.

하느님은 어떤 차를 타고 다닐까?
두 말할 것도 없이 신기하고 신비한 차를 타고 다니겠지. 아이라
면 그게 어떤 차인지 바로 알 거야. 가슴으로.

"세람아, 너는 사과를 바라볼 때, 사과에 대해 다 잊어버리고 사
과를 바라볼 수 있겠어?"
"물론 없지."
 -.,-
"대답이 너무 빠른 거 아니냐?"
"시도해 볼게. 근데 아빠는 그럴 수 있어?"
"모르지."
 -.,-;

창의력은 낯익은 것에서 신비를 발견하는 것

창의력의 도살장
창의력은 진실의 창

황동규 시인의 「악어를 조심하라고?」에 나오는 말 기억하나 몰라? "겨울에도 춥지 않고 먹을 것만 있다면/ 행복하지 말란 법은 없지." 워낙 가난해서 제대로 끼니를 챙겨먹지 못하는 사람이 우리나라에도 참 많아. 세계적으로 〈하루〉 평균 3만 명의 '어린이'가 굶어 죽어 가고 있다는 말 기억하지? 배고픔을 달래기 위해 실제로 흙을 씹는 아이들이 있어. 전 세계적으로 약 9억 명이 기아상태에 있다더군.

부자 나라로 알고 있는 미국에서도 무려 5천만 명이 거지나 다름없는 생활을 하고 있다고 해. 전체 인구의 16~17퍼센트가 빈

곤충이라는 이야기야. 한국도 최저 생활에 허덕이는 빈곤층(사실상 극
빈층)이 16퍼센트라는데, 정부에서 발표한 이 수치는 앞으로 늘어나
면 늘어났지 결코 줄어들지 않을 거야. 갈수록 빈부 격차가 극심해
지고 있으니까.

     젊은 남자가 몽롱한 눈길로 애인을 바라보며 말했다.
     "자기를 만난 후 나는 먹을 수도, 마실 수도 없어. 잠조차 오
     지 않아."
     "왜?" 애인이 함초롬히 미소를 지으며 물었다.
     "왜냐면……, 난 빈털터리가 됐거든."

세상에는 먹을 게 넘쳐난다는데 왜 굶어 죽는 사람이 그렇게 많
을까?

여러 가지 이유가 있지만, 아주 큰 이유 가운데 하나는 인간이 고
기를 너무 밝힌다는 거야. 앙? 고기와 굶주림이 무슨 상관? 고기 1
인분을 만들기 위해서는 옥수수와 콩 따위의 곡물 22인분을 가축
한테 먹여야 해. 고기 1인분을 곡물로 바꾸면 22명이 한 끼 밥을 먹
을 수 있다는 뜻이야.

인간은 고기 단백질 섭취가 꼭 필요해서 고기를 먹는 게 아니라
오로지 쾌락을 위해 고기를 먹고 있어. 양질의 단백질을 섭취하려
면 고기를 먹어 줘야만 한다고 텔레비전에 나와서까지 떠들어대는

사람들이 있지만, 고기를 먹어서 이로운 점보다는 해로운 점이 훨씬 더 많아. 아마 백배, 천배는 더 해로울 거야.

고기를 많이 먹는 것은 육체 건강에도 매우 안 좋은데, 정신 건강에는 그야말로 치명타가 될 수 있어. 대체 우리가 먹는 고기가 어떻게 만들어지는지 한번 들어볼래?

돼지는 태어난 지 평균 200일만 되면 도살장으로 직행해. 사람 나이로 치면 세 살밖에 못 사는 셈이야. 돼지는 스트레스가 심해서 자해를 하기 때문에 태어나자마자 송곳니가 뽑히고 꼬리가 잘려. 그리고 사료를 통해 농약과 방부제와 항생제와 성장 촉진 호르몬을 듬뿍 먹고 초고속으로 살이 찌지. 그러다 과체중이 되어 서 있기도 힘든 돼지가 수두룩해. 어린 돼지한테 주어진 생활공간은 A4 용지 두 장 크기야. 개보다 후각이 발달했다는 돼지의 축사는 사람도 견디지 못할 정도로 악취가 진동을 하지.

이렇게 살다 간 돼지의 살코기를 즐겨 먹고 싶니?

닭은 평생토록 이웃 닭과 꼭 붙어서 살아. A4용지 반 장 크기, 넓어봐야 3분의 2 크기의 공간에서 말이야. 날개를 펴보는 것은 꿈도 못 꾸지. 마음대로 몸을 틀지도 못해. 역시 스트레스 때문에 서로 상처를 입히기 때문에, 불에 달군 펜치로 인정사정없이 부리를 잘라 버린다는군. 돼지 수놈은 거세당해서라도 200일은 살지만, 수평

아리는 태어나자마자 바로 폐기처분돼. 초등학교 앞에서 삐악거리는 녀석은 며칠 더 살지. 암탉은 24시간 불을 밝힌 축사에서 시도 때도 없이 알을 낳아. 성장 촉진제나 산란 촉진제를 듬뿍 먹고서 말이야.

닭은 수명이 20~30년인데, 고기용 닭은 2개월도 되지 않아서 갈고리에 거꾸로 매달리지. 인간으로 치면 태어난 지 6개월 만에 세상을 뜨는 거야. 닭고기는 성장 촉진 호르몬에 푹 절어 있다는데 사실인지는 모르겠어. 여자아이들의 초경이 갈수록 빨라지는 것도 그 때문인지 몰라. 다른 가축과 마찬가지로 닭 사료에도 농약과 방부제와 항생제가 푸짐히 들어 있지.

이런 걸 알면서도 치킨과 달걀이 술술 목으로 넘어가겠어?

"가축도 행복하게 살다 죽을 권리가 있다!"

비참한 식용동물의 대변자로 미국에서 맹활약을 하고 있는 한국인 여성이 있어. KBS에서 2004년 6월 28일 방영한 「한민족 리포트」 "양계장 습격사건—워싱턴 박미연" 동영상 다시보기를 해봐(화질이 안 좋아서 아쉽지만).

http://www.kbs.co.kr/1tv/sisa/hannation/vod/vod.html

식용동물을 비참하게 기르는 사람이나, 그걸 알면서도 먹는 사람이나 다 마찬가지야. 나도 먹어대고 있으니 할 말 없지만, 부디 "생명에 대한 예의”는 갖추자!

　환경적으로도 축산은 문제가 이만저만이 아닌데, 그건 인터넷으로 직접 찾아서 읽어보렴.

　내가 고기 1인분을 안 먹으면, 굶주린 아이 스물두 명이 한 끼 식사를 할 수 있다고 생각해 봐. 그래도 고기를 밝힐 수 있겠어?

　“앙? 알고 보니 더욱 맛있어? 너를 변태로 인정하마.”

　“피, 근데 아빠, 이게 창의력하고 뭔 상관이래?”

　“아, 내가 흥분해서 정작 할 말을 잊어버렸다. 하루 3만 명씩 굶어 죽는 아이들 생각해서라도 ‘한 달 육식 금지’에 도전해 보면 어떨까? 중들이 평생 고기 한 점 안 먹고도 건강하게 오래오래 잘만 사는 거 알지? 아니 ‘안 먹고도’가 아니라 ‘안 먹으니까’일 거다. 그리고 한 달에 하루쯤은 단식을 하는 게 어떨까? 그러면 몸이 맑아질 뿐만 아니라, 정신까지 맑아질 거야. 근데 그건 또 창의력과 뭔 상관이냐고? 혼탁한 정신, 그건 창의력 도살장!이거든. 무덤이거나.”

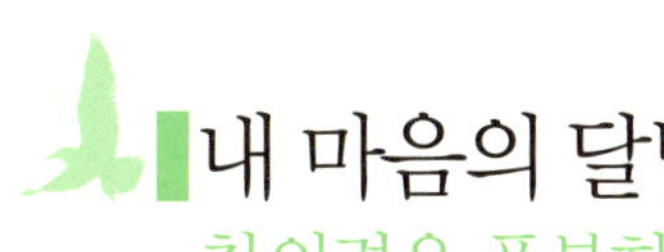

내 마음의 달빛 한 됫박
창의력은 풍부한 감수성

박용래 시인의 「열사흘」

부엉이

은모래

한 짐 부리고

부형 부형

부여 무량사

부우형

열사흘

부엉이

은모래

두 짐 부리고

부헝 부헝

서해 외연도

부우헝

앙? 시가 싱거워? 소금 좀 칠까? 상상력이라는 소금 말이야. 감수
성이라는 맛국물도 곁들이고?

달빛이……

흰 눈처럼 내리는 숲속

부엉이를 상상해 봐. 보름이 이틀 남

열사흘 둥근 달. 꽉 찬 보름달보다 오히려 더 푸짐한

달빛이 부엉이 머리와 잔등에 소복소복 쌓이고……

부엉이가 어깨를 움찔하자 은모래로 부서져 내리는 달빛.

부여 무량사無量寺에는 달빛도 무량하지. 부여를

부여안고 흐르는 백마강 백사장 은빛도 무량한데,

서해외딴 외연도까지 부엉이 은빛

울음이 뚝뚝 떨어져

……

시인은 달빛을 은모래라는 은유로 실감나게 표현하고 있어. 워낙

푸짐한 달빛이라 자꾸만 부려놓아야 해. 부엉이처럼 한 짐, 두 짐의 달빛을 한번 짊어져 봐. 한 됫박, 두 됫박의 달빛을 가슴에 퍼 담아 봐. 달빛으로 두뇌를 헹구고 공해에 찌든 허파도 좀 헹궈! 달빛이 은빛 하모니카 선율처럼 흐르는 고요한 밤에 가슴 먹먹해진 적이 없는 사람은 사랑을 모르는 사람이야.

암컷수컷 간의 사랑 말고, 아름다운 이 세계에 대한 사랑 말이야.

고대 그리스인은 우리가 사는 세계를 코스모스라고 불렀어. 코스모스가 그 후 우주를 뜻하게 되고, 멕시코가 원산지인 국화과의 한해살이풀을 가리키기도 하는데, 고대 그리스어 코스모스$_{\kappa o \sigma \mu o \varsigma}$는 "질서와 조화로 이루어진 세계"를 뜻하는 말이야. 그들은 코스모스를 "아름다운 것"으로 여겼지.

까마득한 옛날, 한자 문명권에서는 투실투실 살이 찐 양을 아름답게 여긴 모양이야. 아름다울 미美 자는 양羊과 클 대大 자를 합친 거거든.

암튼 아름다움은 스스로 발견하고 느껴야만 진정 아름다운 것이 돼. 예를 들어 봄바람에 출렁이는 황금빛 보리밭을 보면서 아름다움을 느끼지 못한다면? 모차르트의 「피가로의 결혼」 중 편지의 이중창 "술라리아~ 케 소아베 제피레토~"를 들으면서 통 아름다움을 느끼지 못한다면?

우리는 세상의 모든 것으로부터 아름다움을 발견할 수 있어. 활짝 열린 감수성만 지니고 있다면 말이야. 도시의 보도블록 사이로 비집고 올라온 풀잎에서도 때로 놀라운 아름다움을 발견할 수 있어. 새로 아름다움을 발견한 순간, 마음속에 일렁인 파문을 글로 남겨두면 참 좋을 거야. 그런 아름다움을 발견하는 눈, 제3의 눈이 바로 창의력의 눈이지.

공자는 인을 강조했는데, 어질 인仁이라는 한자 알지? 그런데 조금 어렵게 말하면 인은 심미적 감수성aesthetic sensitivity을 뜻하는 말이라네? 세상의 아름다움과 음악의 즐거움을 느낄 줄 아는 것, 이것이 바로 仁이라는 거야. 공자는 인의예지 중에서도 인을 최고의 가치로 꼽았어. 아름다움을 느끼는 것보다 값진 것은 없다고 보았던 거야.

아름다움에 관한 명언 하나.
"불완전한 것, 모자란 것, 미완성된 것, 그 안에 아름다움이 깃들여 있다. There is beauty in things imperfect, impermanent, and imcomplete."

주변에서 아름다운 것들을 발견해 봐.
그리고 아름다움에 흠뻑 취해 봐.

창/의/력/은 아/름/다/움/을 발/견/하/는 것

창의력은 꽃에게 길을 묻는 것

공자가 나이를 묻자 노자가 "5천 살"이라고 답했다는 거 알아?

현자는 세계와, 또는 우주와 하나가 된 사람이라고 할 수 있어. 그렇다면 세계의 나이가 곧 현자의 나이일 수밖에 없지. 노자 당시에는 아마 세계의 나이를 5천 살쯤으로 봤을 거야. 그리스도교 성경에서도 세계의 나이를 그쯤으로 봤듯이.

나이를 생각할 때 흥미로운 사실 하나가 있어.

우주의 나이는 130~150억 살, 지구의 나이는 45~50억 살이라는데, 꽃의 나이는? 다윈과 창세기 이야기를 하며 잠깐 운을 뗐지만, 다시 한 번 꽃에게 나이를 물어보자. 소나무 같은 겉씨식물의 꽃 같지 않은 꽃 말고, 찬란한 총천연색의 속씨식물들 꽃 말이야.

꽃은 포유류보다 늦게 태어났어.

지구에서 최후로 태어난 존재가 바로 꽃이야!

성경의 천지창조 편을 새로 쓴다면, 마지막 날 꽃과 인간을 함께 창조한 것으로 쓰면 멋질 거야.

중생대가 트라이아스기, 쥐라기, 백악기로 나뉘는데, 포유류는 트라이아스기 말기(약 2억 1,000만 년 전)에 처음 등장했고, 꽃은 쥐라기에, 그러니까 약 1억 3,000만 년 전에 처음 등장했다고 해(백악기에 등장했다는 얘기도 있지만).

그런데 꽃과 포유류가 본격적으로 급격히 번성한 것은 신생대 초기(6,500만 년 전)부터라고 해. 꽃과 포유류는 함께 더불어 번성한 거야! 온통 푸르죽죽하기만 한 세상에 찬란한 노랑, 빨강, 분홍, 하양, 보라…… 꽃들이 흐드러지게 피었을 때 지상의 생명체들은 얼마나 놀랐을까?

내가 보기에 꽃이 핀 것은 지상 최대의 기적이야!

꽃을 피우는 모든 식물을 속씨식물이라고 하는데, 겉씨식물이 처음 나타난 것은 약 3억 5,000만 년 전. 그 이전 뭍에서는 대부분 양치식물만 자라고 있었다지. 그로부터 줄잡아 2억 2,000만 년이 지나, 지상에 처음 꽃이 피어나기 시작했을 때, 지구의 육상은 파충류인 공룡이 지배했고, 곤충도 번성했어. 60센티미터가 넘는 커다란 잠자리가 유유히 날아다녔고, 조류와 포유류가 발달하는 중이었다고 해. 조류와 포유류는 날갯짓과 젖몸살이라는 걸 처음으로 경험하는 중이었지.

조류와 원시 포유류가 나타난 뒤 비로소 처음 꽃이 피었다는 게 참 놀랍지?

그때에도 가을에 단풍이 들면 세상이 알록달록했을 것 같지만, 겉씨식물은 대부분 상록수야. 가을도 아니고 봄부터 화사한 빛깔을 뽐내는 꽃이 핀 것은 정말 일대 혁명적인 사건이 아닐 수 없었을 거야.

당시의 포유류는 오늘날의 쥐 정도 크기였는데, 공룡에게 밟히지 않으려고 전전긍긍하며 살았겠지. 그러다 6,500만 년 전에 공룡이 멸종하고 온 들판에 먹이가 즐비하자, 초식 포유류가 폭발적으로 발달해서 육상동물의 주역이 되었어. 그들의 소중한 먹이가 바로 속씨식물의 열매야. 포유류가 발달할 수 있었던 주된 이유는 바로 속씨식물(꽃)이 발달했기 때문이라는 거야. 포유류와 조류는 열매를 먹는 대신 씨앗을 널리 퍼뜨려 주었겠지.

그처럼 꽃이 찬란하게 핌으로써 포유류가 번성할 수 있었다는 것! 조류도! 곤충도 더불어! 공생을 하면서! 그러니 꽃이 기적이라는 게 빈말이 아닌 걸 알겠지?

그런데 꽃은 왜 아름다울까?

우리는 아름다움의 느낌을 배우지 않아도 알아. 그런데 동물 가운데 인간만 아름다움을 느낄까? 꽃이 화사하게 핀 곳이 동물들에게는 낙원으로 보였을 거야. 그곳에 먹이가 많으니까. 먹이가 많으면 마음껏 사랑을 나누고, 마음껏 새끼를 칠 수 있으니까. 그래서 꽃을 좋아하는 유전자가 인간에게 (물론 다른 동물에게도) 전해졌을 거라는 게 과학자들의 생각이야.

새들, 특히 수컷 새들의 아름다운 깃털 색깔을 생각해 봐.

암컷 새들은 대부분 보호색을 띄고 있는데, 수컷 새들은 보호색을 버리고 (목숨을 걸고) 알록달록한 깃털을 달고 있는 경우가 많아. 어떤 새는 수컷만 꼬리가 치렁치렁하게, 지나치게 길어. 또 어떤 수컷 새는 알록달록한 돌이나 유리병 조각을 둥지 주위에 늘어놓고 암컷을 유혹해. 수컷 새의 깃털이 찬란한 것은 결코 생존에 도움이 되지 않아. 천적의 눈에 잘 띌 테니까. 그런데도 꽃처럼 알록달록한 것을 선호한다는 것은 새들도 아름다움을 알고, 느낀다는 뜻이 아니겠어?

꽃다운 것, 아름다운 것은 낙원을 암시해! 인간만이 아니라 분명 새들에게도! 낙원, 극락, 천당이 아름다운 게 아니라, 아름다운 게 낙원이고 극락이고 천당이야.

꽃에게 길을 물어보자! 아름다움으로 가는 길을!

"아빠, 꽃은 정말 신기하고 신비한 것 같아. 꿀을 만들어서 곤충을 끌어들여 수정을 하고, 동물들에게 과일을 먹여주고 널리 자기 씨를 퍼뜨리게 하다니. 동식물들이 서로 사이좋게 잘 살아보라고 꼭 누가 계획한 것만 같잖아?”

“비트겐슈타인이라는 철학자가 이렇게 말했어. ‘말할 수 없는 것에 대해서는 침묵하라. Whereof one cannot speak, one must pass over in silence.’ 인격신이 꽃을 창조했을까? 이런 문제는 침묵의 세계에 남겨두는 것이 좋아. 정답을 확인할 수가 없으니, 말이 많으면 말싸움만 일으킬 뿐이거든. 다만, 지구 동식물이 서로 공생하며 사는 세계의 아름다움과 신비함, 그리고 감사함을 느끼는 것이 중요하다고 봐.”

창의력은 아름다움과 신비함,
그리고 감사함을 느끼는 것

“아빠는 아름다움에 대취하는 것이 인생의 목표 가운데 하나라면요?”

“그래. 아름다운 모든 것이 나의 사원이야.”

소중한 보물은 가까운 곳에

오묘한 유대인 이야기 하나.

아이시크라는 랍비가 있었다. 랍비란 유대교의 스승을 가리키는 말. 폴란드의 크라쿠프에 사는 가난한 랍비 아이시크는 세 번이나 같은 꿈을 꾸었다. 꿈에 신이 나타나 말했다.

"체코 프라하의 궁궐 다리 밑을 파보면 보물이 있을 것이다."

그래서 아이시크는 기나긴 여행을 해서 그 다리 밑에 이르렀다. 그런데 파수병들이 다리를 지키고 있어서 감히 파볼 엄두를 낼 수 없었다. 아이시크는 끈질기게 기회를 노리며 서성거렸다. 그러자 파수대장이 불렀다.

"어디서 옵데가?"

"어디서 왔냐고라우? 폴란드에서 왔는디요."

"무시거 하러 왔수꽈?"

아이시크는 솔직하게 꿈 이야기를 들려주었다.

"안트레 들어왕 차 한 잔 먹엉 갑서." 안으로 들어와 차나 한 잔 하고 가라는 말이었다.

"맨드롱홀 때 호로록 들여 싸붑서." 따뜻할 때 얼른 마시라고 권한 파수대장은 자기 꿈 이야기를 들려주었다. 폴란드의 크라쿠프에 가서 엑켈의 아들인 아이시크의 방에 있는 벽난로 밑을 파보면 보물이 있을 거라는 꿈을 꾸었다는데, 알고 보니 그곳 유대인 절반은 이름이 아이시크이고, 또 절반은 엑켈이었다.

"워매, 시상에 그런 꿈을! 참말로 고마워라우. 지는 이만 가볼라요."

"펜안히 갑서. 또시 꼭 옵서양."

랍비 아이시크는 그에게 감사의 절을 하고 집으로 돌아왔다. 벽난로 밑에는 정말 보물이 있었다!

소중한 보물은 가까운 곳에 있다는 이야기. (프라하 궁궐 다리 밑도 좀 파보지!) 브라질 작가 파울루 코엘류의 세계적인 베스트셀러 소설 『연금술사』는 바로 이 아이시크의 보물찾기 이야기를 길게 풀어쓴 거야.

세 가지 보물
창의력은 날마다 보물찾기

옛날보다 더 먼 옛날.

그러니까 지금으로부터 한 반만년 전. 하늘나라에 영특한 왕자가 살았어. 하늘나라에는 없는 게 없었는데, 왕자는 하늘나라보다 하늘 아래 세상을 더 좋아했어. 특히 좋아한 곳은 한반도였지.

한반도는 물이 맑고, 땅이 기름지고, 올망졸망한 산이 퍽이나 아름다웠어. 지구에는 항상 겨울이거나, 항상 여름만 계속 되는 곳도 많아. 그런데 한반도의 사계절은 변화무쌍하고 오묘해서 왕자의 마음에 쏙 들었어.

지구에는 봄이 없는 곳도 많지만, 봄이 너무 길어서 지겨운 곳도 있어. 하지만 한반도의 봄은 아주 짧아. 봄날 한반도에서는 온 생명이 한꺼번에 폭발하듯 아름다움을 뿜어내지. 그래서 그런지 한반도에서 자란 약초, 특히 산삼이나 인삼은 약효가 세계 최고야.

왕자가 무엇보다 좋아한 건 한반도에 사는 사람들이었어. 왕자는 신이었지만 신들보다 사람들을 더 좋아했던 거야. 아니 부러워했어! 신이 인간을 부러워했다니?

한반도 사람들은 무척이나 부지런했지만 죽어라 일만 하지는 않았어. 신나게 노래하고 춤추며 일을 했지. 그러면서 싸우고 다투는 것에는 질색을 했어.

"저렇게 아름다운 사람들을 위해 뭔가 좋은 일을 해줄 순 없을까?"

한자말로 홍익인간弘益人間. 널리 인간을 이롭게 한다는 뜻이야. 왕자는 홍익인간의 방법을 궁리했어. 그래서 아버지인 하늘나라의 왕에게 부탁해서 세 가지 보물을 얻었지. 그건 바람과 구름과 비를 마음대로 부릴 수 있는 신통한 보물이었어. (이건 레전드legend 등급 위의 미소스mythos 급 아이템이야.) 농사를 짓던 한반도 사람들에게는 그보다 소중한 보물은 없었지. 왕자는 세 가지 보물을 가지고 한반도에 떡 하니 내려왔어.

물론 이건 『삼국유사』라는 우리나라 역사책 첫머리에 나오는 이야기야. 다른 나라 역사책을 보면 무자비한 침략 전쟁 이야기가 수두룩한데, 한반도에서는 도대체 그런 일이 없었어. 어쩔 수 없이 침략을 당하기는 많이 당했지만, 먼저 침략해서 날강도 짓거리를 한

적이 한 번도 없는 거야. 더더구나 "널리 인간을 이롭게 하자"는 이야기로 시작하는 역사책은 세상에 『삼국유사』밖에 없지.

그 옛날 세상에서는 바람과 구름과 비가 가장 중요하다고 생각했어. 그런데 오늘날 세상에서는 무엇이 가장 중요할까? 왕자가 오늘 다시 한반도에 선물을 가지고 내려온다면, 무엇을 가지고 올까?

왕자의 이름은 한웅이었어. 한자대로 읽으면 환웅桓雄이지만, 우리 옛말로는 한웅으로 읽어야 옳다는군.

한웅이 가지고 내려온 보물은 세 가닥의 긴 끈이었다는 전설이 있어(이 전설은 나만 알고 있었지). 폭풍이 몰아쳐라! 할 때 한웅은 바람끈을 질끈 묶어 매듭을 지었어. 바람끈을 느슨하게 매듭지으면 산들바람이 불었지. 구름과 비도 마찬가지야. 소나기! 이건 바람끈과 구름끈과 비끈을 동시에 질끈 매듭지어야 해.

엉? 이상한 전설이라고? 전설은 원래 그래. 아무튼 세 가지 보물의 신통력은 영원한 것이 아니었어. (소모성 아이템이었던 거야.) 예를 들어 소나기를 내리게 한 후, 매듭을 풀 수가 없어서 끈을 잘라 버려야 했거든. 보물끈은 점점 짧아졌어.

한웅은 초조해졌지. 보물끈이 없으면 한웅은 별 볼일 없는 신이 되고 마니까. 그렇게 되면 신통력도 없는 신을 사람들이 받들어 모실 리가 없잖아? 고민하던 한웅은 묘안을 떠올렸어.

"신화시대가 끝나가고 있다. 아이 하나를 잘 길러서 인간들의 현명한 왕으로 삼자!"

그런데 왕으로 키울 만한 아이가 눈에 띄지 않았어. 똑똑한 아이는 배짱이 없고, 배짱이 있는 아이는 어딘가 좀 모자라고, 이랬던 거야.

"에잇, 그렇다면 내 아이를 만들어야겠다!"

그런데 이것도 만만치 않았어. 한웅과 결혼하려는 여자사람이 없었거든. 그리스 로마의 신들은 여자사람을 겁탈해서 아이를 잘만 만들었지만, 한웅은 그런 못된 짓을 할 만큼 덜떨어진 신이 아니었지. 한웅이 한숨을 푹푹 내쉬고 있을 때 범과 곰이 찾아왔어.

"야, 한웅아! 내사 사람이 되고 싶다카이. 사람 맨들어 줘삐라." 범이 무식하게 겁도 없이 말했어.

"아무나 사람이 될 수 있는 줄 알아?" 외롭던 한웅은 겁 없는 짐승들이 반가웠지만 짐짓 코웃음을 치며 말했어.

"와 못 되노?" 범이 눈알을 부라리며 말했어.

"잡것들. 나도 사람이 못 되는데." 한웅은 정말 간절히 사람이 되고 싶었어. 하지만 잠시 사람으로 변할 수는 있어도 평생 사람으로 살 수는 없었지.

"긍게 먼 비방이 있을 거 아니여라? 몰러라? 아따, 고것도 모름시러 워터케 신이락 헐 수 있당가?" 곰이 남쪽 사투리로 간드러지게 말했어. 한웅은 그 곰이 귀여웠지. 그러고 보니 비방이 없는 것도 아니었어. 신화시대에는 안 되는 일이 별로 없었거든.

"그래, 옜다! 여기 쑥 한 뭉텅이와 마늘 스무 개가 있다. 이걸 처먹으면서 백일 동안 꼬박 어둠으로 목욕재계를 하면 사람이 될 거다. 그런데 과연 그렇게 할 수 있을까?"

한웅은 곰과 범이 사람이 되기를 바랐어. 벗 삼아 지내려고 말이야. 그런데 범은 밤이면 밤마다 슬그머니 빠져나가 토끼나 노루 한 마리 잡아먹고 돌아와서 시치미를 뚝 잡아뗐어. 애초에 사람 되기는 글렀지.

그런데 곰은 한웅의 말을 잘 따르며 끈덕지게 참았어. 한웅은 조마조마했지. 혹시나 곰이 백일을 견디지 못하고 나자빠질까 봐 말이야. 삼칠일21일이 지날 무렵 한웅은 견딜 수가 없었어. 그래서 에라 모르겠다하고 곰을 사람으로 만들어 줘버렸어. 사실 그 동안 곰이 견뎌낸 것만도 가상한 것이었지. 곰은 사람 될 자격이 있었어.

"야, 한웅아! 니 와 짐승 차별하노?" 범이 따졌지.

"내가 언제?"

"저 문디 곰 가스나는 사람 돼 삐리따 안 카나. 내 껍디도 삐끼 바라."

"껍데기를 벗겨달라고? 그런다고 네가 사람이 될 수 있을까? 그리고 너는 내 말도 안 들었잖아."

"야가 역시로 쫀쫀하데이? 내가 토깨이 좀 자바뭇다고, 니 삐 낀나?"

"내가 알라가, 삐끼그러." 한웅이 범의 말투를 흉내 내서 말했어.

"그라모, 퍼득 사람 맨들어 돌라카이."

"그게 내 맘대로 되는 게 아니야. 될 만해야 내 신통력도 통하거든. 그리고 아무나 특혜를 받는 줄 알아? 너한테는 고난이 더 필요해."

"내사 마 앵꼬바서 고마 때리 치아뿔끼다."

범은 아니꼬워서 사람이 되는 걸 때려치우고 말았어. 곰은 아리따운 여자사람이 되었지. 이름은 곰네웅녀. 사람들은 한웅을 겁내듯 곰네도 겁냈어. 곰네는 아이를 낳고 싶었지만 짝을 찾을 수가 없었어. 그래서 우여곡절 끝에 한웅과 곰네가 눈이 맞아 단군 할아버지를 낳았다는 이야기.

(근데 이런 이야기도 있어. 한웅이 곧 단군 할아버지이고, 서력 기원전 4,000년 무렵에 밝달나라단국을 세웠다는. 그리고 중화민족의 시조인 복희씨는 제6대 한웅의 막내 동생이라는.)

신도 야수도 사람을 부러워했다!

사람이 되려면 곰네처럼 어려움을 겪을 필요가 있다!

밝달나라를 세운 것은 널리 인간을 이롭게 하기 위해서다!

이런 우리의 옛 역사 이야기가 참 아름답지? 죽어라고 생존경쟁을 해서 이긴 자만이 살아남아 진화를 한다는 다윈 씨의 망측한 이야기는 저리 가라고 해. 곰네처럼 어려움을 참고 이겨낼 때, 진화는 이루어질 거야!

"힘들고 어려운 일이 너를 진화시킬 거야."

작은 차이가 크다
창의력은 인간의 존재 이유

인간과 동물의 차이점은?

인간도 동물인데, 인간은 동물이 아닌 것처럼 말하면 이상하지? "인간과 다른 동물과의 차이점"이라고 하는 것이 좋겠어.

보통 인간은 다른 동물보다 훨씬 잘났다고 생각하기 쉬워. 하지만 인간은 물고기보다 수영을 잘하지 못하고, 도구 없이는 새처럼 자유롭게 날지 못하고, 원숭이보다 나무를 더 잘 타지 못하고, 개보다 빨리 달리지도 못하고, 높은 곳에서 고양이보다 더 잘 뛰어내리지도 못해. 생존 능력으로 따지면 바퀴벌레보다 훨씬 못하고, 성행위 능력은 빈대보다 못해. 어쨌거나 인간은 다른 모든 동물과 다른 점을 지니고 있어. 인간과 다른 동물과의 생물학적 차이점 중에서 가장 중요한 것은 무엇일까?

잠깐 눈 감고 생각…….

아마도 두뇌가 대단히 발달했다는 점이겠지? 두뇌가 발달할 수 있었던 것은, 인간이 두 다리로 떡 버티고 서서(**직립하고**) 다니니까 더 큰 두뇌를 지탱할 수 있었기 때문이라고 배운 적이 있는데, 내가 아무런 의심도 없이 그런 엉성한 말을 덥석 믿었다는 게 참 쑥스러워.

인간만 도구를 사용한다고 학교에서 배웠는데, 나중에 알고 보니 도구를 사용하는 동물이 많더라고? 해달은 늘 돌멩이로 조개를 깨서 먹지. 심지어 맥주병으로 조개를 깨는 모습도 발견되었다더군. 북극곰은 얼음덩어리를 던져서 바다표범을 잡기도 한다네? 도구를 사용해서 사냥하는 새들도 있어. 침팬지를 비롯한 영장류의 도구 사용은 말할 것도 없지.

인간만 언어를 사용한다고 학교에서 배웠는데 그것도 뻥이었어.

고릴라와 침팬지에게 수화를 가르쳤더니 100개 안팎의 낱말을 구사했다는 거야. 앵무새가 말을 하는 것이 단순한 소리의 모방이라고 생각했지만, 실험 결과 앵무새는 자기가 하는 말을 이해했어. 땅콩과 바나나를 다 좋아하는 앵무새가 "바나나를 원해" 하고 말했는데, 땅콩을 주니까 "바나나"를 계속 부르짖다가 땅콩을 패대기치기까지 했다더군. 앵무새의 언어능력과 인지능력으로 미루어 볼 때 지능은 3~6세의 인간과 맞먹을 것으로 추정되고 있어.

문득 생각난 건데, "나비 효과"를 강력한 진화의 원리 가운데 하나로 꼽을 수 있을 것 같아. 중국 북경에서 나비가 날개를 팔랑이면 이 때문에 다음 달 미국 뉴욕에서 폭풍이 몰아칠 수도 있다는 게 나비 효과야.

아름답고 가녀린 나비 한 마리가 북경에 떴어. 우아한 날개를 팔랑거리자 주위의 대기가 살랑살랑 흔들리고, 이 공기의 흐름이 살짝 더 큰 공기의 흐름을 건드렸어. 이런 식으로 계속 더 큰 공기 덩어리기단氣團에 영향을 미치자 곧이어 소나기구름이 생겨나고 바람이 거세졌어. 이 바람은 더욱 큰 기단을 움직여 미국 하늘이 캄캄해지고, 마침내 강풍과 더불어 폭우가 퍼붓기 시작했어.

이처럼 초기 조건의 사소한 차이가 엄청난 결과의 차이를 초래할 수 있다는 것을 나비 효과라고 해. 나비 효과는 1961년에 에드워드 로렌스라는 기상학자가 우연히 발견한 거야. 컴퓨터로 기상 예측 프로그램을 돌리다가, 소수점 이하 네 번째 자리의 아주 작은 수치 차이가 엄청난 결과의 차이를 낳는다는 것을, 그야말로 우연히, 운 좋게 발견해서 카오스 이론의 선구자가 되었지. 그 후 카오스 이론이 쏟아져 나오면서 과학에 혁명이 일어났어.

다른 영장류와 인간의 생물학적 차이는? 그건 말과 당나귀의 차이보다 적다네? 인간과 다른 영장류의 차이는 사소하지만, 분명 "나비 효과"를 불러일으킨 뜻 깊은 차이가 있었을 거야.

내가 보기에 무엇보다도 발성기관의 차이를 꼽을 수 있을 것 같아. 다른 영장류는 발성기관이 신통치 않아서 음성으로 몇 가지 의사소통밖에 할 수 없는데 인간은 전혀 딴판이거든.

요즘 과학은 뼈만 가지고도 거기에 붙어 있었을 부드러운 조직을 추론해 낼 수 있어. 그래서 예를 들어 네안데르탈인의 화석 유골만 가지고도 그들의 발성기관을 알아낼 수 있다고 해. 네안데르탈인은 짧은 턱과 매우 긴 혀에, 후두는 높이 위치해 있었고, 비교적 작고 움직이기 힘든 기관지 등을 지녔대. 그래서 그들은 〈이〉나 〈아〉 같은 모음이나 〈키읔〉이나 〈기역〉과 같은 자음을 발음할 수 없었을 거라는 거야.

그래서 네안데르탈인이 음성으로 의사소통을 하긴 했지만 속도는 매우 느리고 서로 무슨 말인지 알아듣지 못할 소리도 많이 질렀을 거라네? 그 후 인류의 혀는 더 둥글어지고, 목은 길어지고, 후두는 낮아진 것이 화석으로 확인되었어. 그리고 인간의 기도는 자칫 질식하기 쉽지만 말을 하는 데는 더할 나위 없이 유리한 쪽으로 진화했지.

발성기관의 사소한 차이는 엄청난 결과의 차이를 낳았다고 할 수 있어. 언어가 발달하면 당연히 섬세한 사고가 가능해지고, 더불어 두뇌도 비약적으로 발달할 수밖에 없었을 거야. 언어 능력과 두뇌의 발달은 서로 상승효과를 일으켰겠지.

발성기관의 사소한 차이쯤은 돌연변이로 얼마든지 가능할 테니까, 영장류 중에서 한 종이 인간으로 진화한 것도 그리 어려운 일만은 아니었을 거야. 진화는 명백한 사실인데, 그렇다고 그게 신을 믿지 말라는 소리는 아닌 거 알지? 신이 진화를 계획했는지 누가 알겠어? Only don't know!

초기의 사소한 차이가 결과의 큰 차이를 낳는다는 것이 참 묘하지? 다시 말하면, 현재의 사소한 차이가 미래의 엄청난 차이를 낳는 거야.

"나비 효과"에서 우리는 이런 역설적인 지혜를 얻을 수 있어. "작은 것이 크다!" 말도 안 되는 소리 같지? 물론 작은 것과 큰 것 사이에는 "시간"이 끼어 있어. 말을 조금만 바꾸자. "작은 것이 소중하다." 이건 말이 되지?

『작은 것이 아름답다 Small is beautiful』경제학자이자 환경운동가인 E. F. 슈마허라는 분이 쓴 책 제목인데, 1973년에 쓴 이 책은 세계적인 베스트셀러가 되어 지금도 널리 읽히고 있어.

내가 좋아하는 셜록 홈즈의 말도 몇 마디 인용해 볼게.

"사소한 것이야말로 무한히 가장 중요한 것이라는 게 오랜 내 격언이었지요. It has long been an axiom of mine that the little things are infinitely the most important."「정체의 문제」 "물론 이건 사소한 사실이지만, 사소한 것보다 더 중요한 것은 없어요. It is, of course, a trifle, but there is nothing so important as trifles." 「입술이 뒤틀린 남자」 "그것은(문제 해결의 실마리는) 사소한 것들에 대한 관찰을 토대로 해서 알아낸 거야. It is founded upon the observance of trifles." 「보스콤밸리 사건」 "위대한 정신을 지닌 사람에게는 사소한 것이 없습니다. To a great mind, nothing is little." 「주홍색 연구」

"내 그대를 생각함은 항상 그대가 앉아 있는 배경에서 해가 지고 바람이 부는 일처럼 사소한 일일 것이나 언젠가 그대가 한없이 괴로움 속을 헤매일 때에 오랫동안 전해오던 그 사소함으로 그대를 불러 보리라." 이건 황동규 시인의 시 「즐거운 편지」 앞부분.

창의력은 사소하고 작은 것의 가치와
아름다움을 발견하는 것

영국인들은 자기 자신을 웃음거리로 만드는 농담을 유난히 좋아한다. 자신을 비꼬는 농담을 할 수 있는 민족은 정신적으로 건강하고 자신감이 넘치는 민족이라고 할 수 있다. 좋은 예 하나가 여기 있다.

영국 사업가가 대출을 받으러 은행에 갔다. 경제 불황으로 사업이 휘청거리고 있었기 때문이다. 대출 상담을 마친 뒤 은행원이 말했다.

"대출해 드리는 건 곤란하겠습니다. 하지만 기회를 한 번 드리죠. 자, 제 눈알 하나는 의안입니다. 어느 쪽이 의안인지 알아맞히면 대출을 해드리겠습니다."

사업가는 잠시 은행원의 두 눈을 주의 깊게 바라보고 말했다.

"왼쪽 눈이 의안이라예."

"맞았습니다! 대출을 해드리지 않을 수 없군요. 그런데 왼쪽 눈이 의안이라는 것을 어떻게 알아맞혔습니까? 두 눈이 완전히 똑같아 보이는데 말입니다."

그러자 사업가가 말했다.

"(   )"

▶▶ 영국인들이 너무 쌀쌀맞다는 것을 풍자한 이 유머의 마지막 말은? (해답은 166쪽에)

좋은 영화를 만들기 위한 회의가 열리고 있었다. 파리 한 마리가 찰리 채플린을 자꾸만 성가시게 했다. 채플린이 참다못해 파리채를 휘둘렀지만 번번이 놓치고 말았다. 마침내 파리가 그의 앞에 내려앉았다. 채플린은 필살의 일격을 가하려고 파리채를 쳐들었다. 그러고는 손을 멈칫하더니 파리를 빤히 바라보다가 파리채를 그냥 내리고 말았다.

"아니, 왜 안 잡아?" 동료가 물었다.

채플린이 버릇처럼 어깨를 으쓱하고 말했다.

"(   )"

관찰력이 예리해질 때 창의력도 예리해진다

▶▶ 채플린이 이 파리를 잡지 않은 이유는? (해답은 166쪽에)

관찰력 테스트: 나사를 풀(조일) 때나, 병마개를 돌려 딸(닫을) 때 돌리는 방향은? (세면대 아래 배관이라도 손수 교체하려면 이거 꼭 외워둬야 한다.) 양말이나 신발을 신을 때 어느 쪽을 먼저 신나. 손깍지를 끼었을 때 어느 쪽 손의 엄지가 맨 위에 있나. 가부좌를 틀고 앉을 때 어느 쪽 발목이 위로 올라오나. 팔짱을 낄 때 밖으로 나오는 손은? 보통의 방문은 안쪽으로 열리나 바깥쪽으로 열리나. 남자/여자 옷의 단추는 좌우 어느 쪽 옷깃에 달려 있나.

관찰 방법
창의력은 귀신같은 관찰력

"왓슨, 자네는 눈으로 보긴 해도 관찰을 하지 않아. 보는 것과 관찰하는 것은 전혀 다르지. 예를 들어 자네는 홀에서 이 방으로 올라오는 계단을 허구한 날 봤어."

"그랬지."

"몇 번이나?"

"음, 수백 번."

"그렇다면 계단이 몇 개지?"

"몇 개? 그거야 모르지."

"바로 그거야! 자네는 관찰을 하지 않았어. 하지만 눈으로 보긴 했지. 내 말의 요지가 바로 그거야. ……나는 눈으로 보면서 동시에 관찰을 한다 이 말씀이야."

─『셜록 홈즈의 모험』「보헤미아 왕실 스캔들」 중에서

보는 것과 관찰하는 것이 다르다는 홈즈의 말이 재미있지? 『셜록 홈즈의 모험』 중 「보스콤밸리 사건」에서 왓슨은 중요한 단서가 '보이지 않아서 못 봤다'고 생각해. 그러자 홈즈가 이렇게 쏘아붙이지.

"보이지 않은 게 아니라 보지 않은 거야. 자네는 무엇을 봐야 하는지 몰랐던 거지. 그래서 중요한 것을 모두 놓치고 말았어."

당시1890년대 일부 형사들은 치밀하게 관찰해서 결론을 내리는 홈즈의 추리 방법을 채택해서 수사에 활용했다고 해. 신참내기 형사들을 위해서는 "홈즈 시험 문제"라는 것까지 만들었는데, 문제는 이런 거야. 구두끈 하나를 통해 "그 구두끈을 사용한 사람의 성격만이 아니라 그의 소유물에 대해서까지도 상당히 신뢰한 만한 정보"를 어떻게 얻을 수 있는지, 그 예를 열두 가지 이상 제시하라. (모범 답안도 있었다네?)

홈즈는 담뱃재만 보고도 140종의 담배를 구별할 수 있다고 주장했어. 담뱃재에 관한 논문까지 썼다는데, 논문 제목은 이래. 「다양한 담뱃재의 구별에 관하여: 여송연, 궐련, 파이프 담배 등 140종의 목록과 그 재의 차이를 예시한 색상 도판」. 미국 필라델피아의 한 담배장수가 그 논문 사본을 좀 얻자고 하니까, 셜록 홈즈의 편집자아서 코난 도일은 "웃긴다"고 생각했다지 뭐냐(셜록 매니아들에게 홈즈 이야기의 작가는 도일이 아니라 왓슨이야).

들은 이야기인데, 어떤 방송국에서 한 관상가를 테스트했어. 일란성 쌍둥이로 태어났지만 불우한 가정형편 때문에 서로 다른 가정에 입양되어, 생판 다른 인생을 살아온 두 사람의 운명을 감정하게 한 거야. 이 쌍둥이는 사주팔자가 같고 생김새도 똑같은데 전혀 다른 삶을 살았어. 한 명은 유복하게 살고, 다른 한 명은 어릴 때 아주 불우하게 살았지. 이것을 운명론자가 어떻게 해명할 것인가?

관상가는 불우하게 산 사람의 이마를 가리켰어. 이마는 초년 운세를 나타낸다는데, 불우하게 산 사람의 이마에 절묘하게도 아주 작은 흉터가 나 있었지. 쌍둥이 중 유복하게 산 사람한테는 이마에 흉터가 없어. 일반 사람이 보기에는 너무나 사소한 차이지. 그런데 관상가는 이 사소한 차이로 큰 운명의 차이를 읽었다는 거야.

지금 관상이나 운명론이 믿을 만하다는 소리를 하고 있는 것이 결코 아니야. 귀신같은 관찰력 이야기를 하고 있는 거지. (운명론은 미신 맞아.)

프랑스의 시인 폴 발레리는 세상에 똑같은 나뭇잎이 하나도 없다고 말했어. 한 나무의 나뭇잎이라도 다 다르다는 거야. 사실인지 한 번 검증해 보고 싶지 않아?

그건 나중에 해보고 몇 가지 심오한 관찰 방법부터 알아보자.

"관찰력"을 구글로 검색해 봤더니 『성공하는 사람들의 7가지 관찰 습관』(송숙희, 2010)이라는 책이 뜨네? 도대체 7가지가 뭔지 궁금하다. 다행히 책방에 달려갈 필요 없이 목차에 이렇게 주르르 나온다.

    1. 본질을 제대로 들여다보라, 스티브 잡스처럼.

    2. 쪼개고 분석하고 섬세하게 보라, 리처드 브랜슨처럼.

    3. 밀착하여 세심하게 보라, 샘 월튼처럼.

    4. 진득하게 지켜보라, 워렌 버핏처럼.

    5. 상식을 배반하고 새롭게 보라, 월트 디즈니처럼.

    6. 상상의 눈으로 보라, 레오나르도 다빈치처럼.

    7. 보이는 것 너머를 보라, 버락 오바마처럼.

내가 낯을 가리는 탓에 리처드 브랜슨과 샘 월튼이 누군지 모르겠다. 어쨌거나 7가지가 좀 진부해 보이는데, 진부하더라도 기본적인 것이야말로 중요한 것이라고 할 수 있지. 관찰에 대한 이야기로만 책 한 권을 쓸 생각을 해서 이렇게 써냈다는 것이 참 장하다는 생각도 든다.

빤한 관찰 방법은 덮어두고 좀 시적이고 창의적인 방법을 이야기해 줄게. 내가 말하는 관찰 방법이 떼돈을 벌거나 출세를 하는 데는 별 도움이 안 될지 몰라. 하지만 참 섹시한~ 관찰 방법이야. 껍데기를 홀랑 벗기고 알맹이를 바라보는 방법이거든.

1. 있는 그대로 바라보기

"아는 만큼 보인다"는 유명한 말이 있는데, 뭐든 그렇게 사전 지식을 가지고 바라보는 것이 보통의 관찰법이지. 하지만 있는 그대로 바라보는 것은 기존 지식을 다 버리고, Only don't know!, 통념과 고정관념도 편견도 당연히 버리고, 차별의식도 버리고, "관심의 불꽃"으로 대상을 바라보는 방법이야. 이건 고도의 명상 관찰법이지. 있는 그대로 바라보면 세계와 삶의 참 모습, 곧 "본래면목"이라는 것을 볼 수 있다고 해. 그야말로 알맹이를 투시하는 거야.

"팬티도 투시돼?"
"……수리수리 마하수리 수수리 사바하!"

2. 낯설게 바라보기

「무인도에서」라는 앞의 글에서 이미 연습해 본 거야. 이건 현대시의 중요한 기법이기도 해. 삶과 세계를 바라보는 현대적인 방법이지. 아무리 아름다운 존재도 자주 보면 물려서 아름다운 줄 모르게 되잖아? 그럴 때 새삼 아름다움을 느끼려면 낯설게 바라볼 필요가 있어. 예를 들어 꽃이 아름답게 보이지 않는다면? 낯선 친구를 새로

사귀듯이 꽃에게 다가가 봐.

3. 거리를 두고 바라보기

"미적 거리"라는 말이 있어. 아무런 이해관계가 없이, 방관자로서 거리를 두고 바라보는 거야. 흔한 예로, 죽어가는 유명 인물이 있는데, 임종을 지키는 아내와 의사, 기자가 있다고 치자. 그들은 모두 이해관계에 얽혀 있지. 이해 관계자의 관점은 우물 안 개구리의 관점일 수 있어. 자기와 관련된 것에만 집중하기 마련이니까. 그런데 제삼의 인물이라면 다르지. 예를 들어 그 자리에 화가가 있다면, 죽음이 어떤 빛깔로 다가오는지, 그걸 심미적으로 관찰할 수 있을 거야. 임종의 자리를 지키는 사람들까지 한 폭의 그림처럼 관찰할 수 있겠지.

요는, 타인들만이 아니라 자기 자신도 그렇게 거리를 두고 바라볼 수 있어야 한다는 게 중요해. 자기를 제삼자처럼 바라보는 거야. 예를 들어 지금 배가 고파. 그러면 배가 고픈 "제삼자"의 생리와 심리를 실감나게 느끼며 관찰해 볼 수 있겠지?

"무시기! 담배 피우고 싶다고? 담배 피우고 싶은 너를 제삼자로 바라봐 봐!"

“그런다고 뭐가 달라지나?”

“제삼자는 담배를 갈구하고 있는 게 아니라는 걸 알게 될 거야. 그리움. 실은 그리움에 진저리를 치고 있는 거야. 그리움을 담배 연기로 날리면 아깝지!”

“아까울 것도 썼다.”

“지긋이 나이 들면, 그리움을 그리워하게 될 거야.”

4. 초월해서 바라보기

앞서 말한 세 가지가 다 초월적인 관찰 방법이지만, 여기서 말하는 초월 관찰은 특히, 위로의 초월, 아래로의 초월, 옆으로의 초월을 강조하기 위한 거야. 사람들은 저마다 자기 울타리가 있어. 신분이나 직업, 생활수준 같은 것 말이야. 울타리는 상하좌우로 한계가 있으니까 위로, 아래로, 옆으로 초월할 수가 있지. 아래로의 초월이라는 말이 웃긴다고? 그건 위로 초월하는 것보다 아마 배는 더 어려울걸? 테레사 수녀가 인생의 가장 밑바닥 삶에 평생 몸을 바친 것도 아래로의 초월이라고 할 수 있어. 이건 “입장 바꿔 바라보기”의 최상의 버전이지. “옆으로의 초월”은 또 무슨 귀신 컵라면 먹는 소리냐고? 그 오묘한 의미는 혼자 궁리해 봐.

5. 사랑으로 바라보기

앞서의 방법들은 주로 객관적으로 바라보는 건데, 이건 매우 주관적인 관찰 방법이야. 아무런 조건 없이, 이유도 근거도 없이, 하염없이 사랑하며 바라보는 거지.

예를 들어 알베르 카뮈의 소설 『이방인』을 읽을 때 주인공 뫼르소를 마냥 사랑하며 읽는 거야. 사랑하지 않고 비판적으로 바라보면 뫼르소라는 캐릭터가 아주 답답하고 한심해 보일 수 있어. 그러면 작품의 맛을 느낄 수 없고, 그 가치도 알아보지 못하게 돼. 무엇이든 비판적으로 바라보는 것도 물론 중요한 관찰 방법 가운데 하나야. 문학작품이라면 당연히 비판적으로 바라볼 필요가 있지. 하지만 만일 뫼르소가 멋진 캐릭터라는 생각이 들지 않는다면? 그건 순전히 사랑의 눈길로 바라본 적이 없기 때문일 거야.

세상에는 사랑으로 바라볼 때 비로소 비밀을 살짝궁 엿볼 수 있는 것들이 정말 많아. 나는 참 많은 시집을 읽었는데, 사랑으로 바라보지 않으면 시편들이 은밀한 속살을 보여주지 않더라고.

"사랑하기로 마음먹는다고 아무나 사랑해지냐?"

"사랑하려면 상대를 잘 이해할 필요가 있어. 눈에 콩깍지가 씌어서 무작정 좋아라할 수도 있겠지만, 뫼르소가 대체 왜 저럴까? 궁금해하면서 이해하려고 노력을 할 필요가 있는 거야."

"예를 들어 어떻게?"

"당시 지식인들은 참혹하기 그지없는 세계대전을 겪으면서 마침내 신이 죽었다는 것을 인정할 수밖에 없었어. 철석같이 믿었던 '사랑의 신'이란 게 허상이었다는 배신감과 절망감에 치를 떨었던 거야. 세상은 물론이고 나 자신에 대한 관심조차 끊어버리고 싶을 정도로 암울해 보이는 세상. 그런 세상에서도 태양이 눈부시게 작열한다는 건 참 얄궂지. 태양빛 때문에 살인을 하는 것도 무리가 아니야. 그런 절망적인 세계관이 작품 배경에 깔려 있다고 보면 뫼르소를 조금은 더 잘 이해하고, 이해를 하면 사랑도 할 수 있을 거야."

"사랑은 아무나 못하겠군?"

"※\$%#☆^&♨……!"

있는 그대로, 낯설게, 거리를 두고, 초월해서, 사랑으로 바라보기.

이런 관찰 방법들을 마음에 새겨두고 평소에 늘 연습을 하다보면, 제삼의 눈이 샛별처럼 빛날 거야.

"'진한, 찐한, 또는 찡한 사랑으로 나를 바라봐 줘', 하고 소곤거리는 별들의 숨결이 혹시 느껴지지 않냐?"

"오오, 느껴진다, 느껴져! 아빠한테서 야옹이 응가 냄새가! 내 코 뚫렸어!"

창의력은 있는 그대로, 낯설게, 거리를 두고,
초월해서, 사랑으로 바라보기

세 가지 소원

1. FBI 요원 폭스 멀더의 소원

과학으로 설명할 수 없는 현상을 종횡무진으로 다룬 컬트 드라마 「X파일」이 언제나처럼 '진실은 저기 어딘가에 있다'는 자막과 함께 시작된다.

"세 가지 소원을 들어드리겠어요." 양탄자의 요정 지니가 말한다.
원할 때면 투명인간이 되게 해달라고 빈다.
"……됐어요."
"근데 옷도 투명해지겠지?"
"그건 빌지 않았잖아요."

"이런!" 그는 민망하게 옷을 홀랑 벗고 알몸으로 투명인간이 되어 신나게 거리로 달려 나간다. 초록 신호등에 느긋하게 건널목을 건너다 트럭에 치어 죽는다. 허망하게, 죽은 자는 죽어서도 투명하다. 멀더의 조사 결과 무솔리니도 닉슨도 지니를 만나 막강한 권력을 잡은 후 허망하게 종말을 맞이했다.

멀 더 : 내가 알아낼 수 없었던 것 한 가지는, 당신이 착한 지니인가, 사악한 지니인가입니다. 당신과 접촉한 모든 사람이 비참한 종말을 맞은 것 같으니까요.

지 니 : 그게 당신의 결론인가요? 내가 사악하다는 거?

멀 더 : 음, 아마도 사악하겠죠. 저주를 내린달까? 남들에게 저주를.

지 니 : 사람들이 딱 하나 저주를 받은 게 있다면 그건 멍청하다는 거예요. 당신들 죄다. 너나없이. 인류가. 내가 만난 사람들 모두가 예외 없이, 항상 잘못된 것만 빌더군요.

멀 더 : 잘못된 소원만 빈단 말이죠?

지 니 : 그래요, 항상. "돈을 달라." "젖통을 빵빵하게 해 달라." "아무개처럼 멋쟁이로 만들어 달라."

멀 더 : 당신은 오랫동안 세상에 나오지 못했죠?

지 니 : 그게 어때서요? 500년이 지나도록 사람들은 하나도 안 변했던걸.

스컬리 : 500년!

지 니 : 맞다, 지금은 사람들이 말을 할 때 고약한 입 냄새가 안
        나더라. 하지만 인간의 탐욕은 여전하더군요. 천박한 것
        도 여전하고, 자기 파괴 경향도 여전하고.

“어서 소원을 말하세요.” 양탄자를 펼친 멀더에게 지니가 말한다.
멀더는 잠깐 고민하다가 “세계 평화”를 빈다.
갑자기 가슴이 철렁한 멀더가 거리로 뛰쳐나간다. 거리는 텅 비
어 있다. 인간이 모두 사라진 것이다. 더불어 전쟁과 아귀다툼도 사
라졌다.
“나는 이런 평화를 원한 게 아니었어.” 멀더가 절규한다.
“그럼 자세히 말했어야죠.”
멀더는 두 번째 소원으로 첫 번째 소원을 취소한다. 이제 소원이
하나 남았다.

멀 더 : 당신이 내 입장이라면 무슨 소원을 빌겠습니까?
지 니 : 내가 당신인가요, 뭐? 그건 지금 중요하지 않아요.
멀 더 : 그래도, 그냥……. 알고 싶어요.
지 니 : 나라면…… “소원”이라는 말은 두 번 다시 듣지 않기를 빌
        겠어요. 매순간을 살아가며, 있는 그대로의 삶을 즐길 수
        있기를. 그러니까 이게 아니다 싶어서 근심 걱정을 하는
        일 없이 말이에요. 나라면…… 어디든 카페에 앉아 커다

란 커피 한 잔을 앞에 두고, 세상 사람들이 지나가는 모습을 구경하고 싶어요.

지 니 : (멀더가 쓴 글을 읽는다.) "이제 소원이 하나 남았다. 온 인류의 선을 위해 가장 효과적으로 사용하고 싶다." 나불나불, 나불나불. "지금 이 존재계에서는……." 음……, 음, 음. 아니, 당신 변호사예요?

멀 더 : 아, 마지막 소원을 완벽하게 빌려고요. 어떤 허점도 없이 말이죠. 독일 제삼제국 시절로 돌아간다거나, 모든 사람들 눈이 툭 튀어나오길 바라는 걸로 해석할 여지를 남겨두지 않을 거라 이겁니다.

지 니 : 어머나, 그것 참 기대가 되네요.

(소원을 궁리하는 멀더에게 스컬리가 찾아온다.)

멀 더 : 비결은 자세히 말하는 거야. 소원을 완벽하게 비는 거지. 그래서 모든 사람이 혜택을 누리게 할 거야. 세상은 더 안전하고 더 행복해질 거야. 아무도 굶어죽는 사람이 없고, 모든 사람이 자유롭고, 약자를 힘으로 누르는 세상은 종말을 맞게 될 거야. 혹시 빠뜨린 거 없어?

스컬리 : 잘났군?

멀 더 : 뭐가 문젠데?

스컬리 : 이 땅에 사는 우리 삶의 핵심이 아마 그런 것들이겠지. 그걸 달성하는 것 말이야. 그런데 그건 한 사람이 단 하나의

소원으로 달성하고자 해서는 안 되고, 오랜 과정을 거쳐야 하는 게 아닐까?

요정 지니는 15세기의 프랑스 사람이었다. 양탄자의 요정 이프리트를 만나, 힘센 노새와 항상 순무로 꽉 차 있는 마술 포대, 그리고 무한한 힘과 영원한 생명을 소원해서 지니가 되었다.
(이제 지니는 평범한 사람이 되고 싶다. 카페에서 커피 한 잔 마시며 세상 사람들 구경도 하고, 소박하게 살다가 늙어 죽고 싶다!)

노천카페에서 차를 마시며 행복해하는 지니의 모습을 보여주며 「X파일: 세 가지 소원」(7시즌 21에피소드)이 막을 내린다.

"앙? 멀더의 마지막 소원 어디 갔냐고?"

2. 작가 구보 씨의 소원

구보 씨는 따분하다. 냄새 나는 발바닥으로 구리거울을 닦는다. 오래 전에 황학동 고물시장에서 산 물건이다. 하루, 이틀, 사흘. 어느 날 홀연히 구리거울의 요정이 나타난다.
검은 요정도, 금발 요정도 좋지만, 기왕이면 동양의 절세미녀가 좋겠지. 하지만 낮은 코에 뱁새눈, 안면은 펑퍼짐해서 편안하고 친근해 보이는 우랄알타이어계 몽골족도 괜찮다. 칭기즈칸의 하녀로 세계 정복에 따라나섰다가 아라비아의 뒷골목에서 길을 잃고 소원의 요정이 된 아줌마면 또 어때?

요정이 말한다. "세 가지 소원을 들어드리겠어요."

"뭘 들어줄 수 있는데?" 구보 씨는 서두르고 싶지 않다. 워낙 따분한 인생이기도 하지만, 서두르고 싶어도 이런 괴이한 일에는 일단 우물쭈물하는 것이 정상적인 반응이다. 게다가 구보 씨는 회의적인 것으로 유명한 캐릭터다.

"제 능력이 어디까지인지는 저도 몰라요. 그건 당신이 어떤 소원을 비느냐에 달려 있겠죠. 이제 두 번째 소원을 말씀하세요."

"……!"

구보 씨는 바보가 아니다. 그는 얼른 입을 다물고 머리를 굴린다. 그러니까 질문은 답을 원한다. 그러니 대답을 한 것도 소원을 들어준 것이다? 하지만 일껏 소원을 들어주러 나타났다면 소원다운 소원을 들어줘야지, 이런 괘씸한 경우가 있나. 좋아. 그렇다면 능력의 한계를 떠보자.

"늙지 않고 건강하게, 부유하고 보람차게, 영원히 살고 싶다." 구보 씨가 만인의 소원을 말해 본다.

"안타깝게도 그건 제 능력 밖이네요. 이제 세 번째 소원을 말씀하세요.”

억! 이제 보니 소원을 들어준다는 것이, 이루어준다는 게 아니라 귓구멍으로 들어준다는 게 아닌가. 아무리 따분해도 그렇지, 어쩌다 이런 실없는 요정을 끌어들인 거지? 이건 염장이나 지르는 얄미운 요정 아닌가.

“세 번째 소원은, 평생 네가 내 노예가 되는 것이다!” 이렇게 말하면 “잘 들어 주었죠? 그럼 안녕!” 하고 사라지겠군. “세 번째 소원은, 네가 계속 내 소원을 들어주는 것”이라고 말해도 뿅 사라지겠지? 질문만이 아니라 그 어떤 소리를 해도, 귀를 기울인 것만으로도 소원을 들어준 셈이다?

들어준다?

아!

문득 구보 씨는 가슴이 먹먹해진다.

그는 가슴 속에서 막연히 표류하던 언어를 백지 위에 꺼내놓기 시작한다. 그의 언어가 샘물처럼 스멀거리다가 도랑물처럼, 실개울처럼 흐르기 시작한다. 누군가 곁에서 진심으로 귀를 기울여 들어주는 것, 알고 보니 그것이야말로 그가 가장 원하던 것이다. 어떤 비판도 충고도 하지 않고 다만 눈을 반짝이며 귀를 기울이고 있는 따뜻한 존재가 느껴지자, 그의 깊은 가슴이 열리고, 못다 한 사랑, 못다 한 꿈, 못다 한 삶의 이야기가 도도히 흐르기 시작한다.

“아니, 구리거울 요정이 무슨 우렁이색시여? 몰래 혼자 끼고 살게?”

3. 베를린 천사 다미엘의 소원

천사로 산다는 건 참 멋진 일이야.

하지만 때로는 내가 영적 존재라는 게 신물이 나.

영원토록 떠다니는 대신, 내 몸무게를 느끼고 싶어.

무한한 세계를 벗어나 땅에 매어살고 싶어.

걸음을 내딛고, 바람이 불 때마다,

"지금이야, 지금, 지금"이라고 말하고 싶어.

"옛날부터 쭈욱~", "영원토록"이란 말은 이제 그만.

노천카페의 빈자리에 앉아 사람들 인사를 받고 싶어. 고개만 끄덕일지라도.

우리가 세상에 동참을 했다지만, 그건 그런 척한 것에 지나지 않아. 어떤 사람과 씨름을 하고 고관절을 탈구시켰어도, 그런 척한 것일 뿐이야. 우리는 물고기를 잡는 척했어. 자리에 앉는 척, 마시는 척, 먹는 척했고, 저기 황야의 천막들 안에서는 양고기 구이와 와인을 대접받는 척했지.

당장에 나무 한 그루 심거나 아이를 낳고 싶지는 않지만, 이건 참 멋질 거야. 필립 말로처럼 고된 하루를 마치고 집에 돌아와 고양이 밥을 준다면 말이야.

몸살이 나고 싶어.

손가락이 까매지도록 신문을 읽고,

정신적인 것만이 아니라, 마침내, 한 끼의 밥에, 목 선에, 귀에도 흥분해서 떨고 싶어.

새빨간 거짓말을 해보고 싶어!

걸으면서 움직이는 뼈를 느끼고,

항상 아는 것이 아니라, 마침내, 어림짐작이라는 것을 해보고 싶어.

"예스!"나 "아멘!" 대신 "아!" "오!" "이봐!" 하고 말할 수 있다면 좋겠어.

— 영화 「베를린 천사의 시」, 빔 벤더스 감독과 극작가 피터 한트케 공동 극본 중에서

"아빠, 나도 또 고양이 밥 주고 싶다. 근데 베를린의 천사가 부러워한 '필립 말로'가 누구야?"

"미국 작가 레이먼드 챈들러의 추리 소설 주인공이야. 베를린의 천

사들처럼 늘 트렌치코트를 입고 중절모를 눌러쓰고 다니는데, 허름한 탐정 사무실에서 혼자 지내며, 혼자 밥을 먹고, 혼자 술잔을 기울이지. 잿빛 도시의 뒷골목에서 일어나는 온갖 범죄를 들쑤시고 다니는 중년 남자의 고단한 일상을 천사가 부러워한다는 게 이해가 돼?”

“오오.”

“사람들의 소원을 다 들어줄 수 있는 요정 지니가 원하는 게 바로 노천카페에서 차 한 잔 마시며 지나가는 사람들 구경하는 거야. 일상의 사소한 일들이 실은 놀라운 기적이라는 사실! 홍해가 갈라지고 바다 밑바닥에서 먼지가 피어오르는 황당한 기적 따위는 저리 가라고 해! 하루하루가 고달파도 살아 있다는 것이 마음 찡 하지 않아?”

“찡 하다. 근데 이번엔 어째 창의력 얘기가 안 나온다?”

“내가 네 고정관념을 업어치기 메치기 안다리후리기 하려고 애면글면한 것을 진정 모른단 말임메? 우옛던둥 베를린의 천사와 요정의 심정을 느껴나 봄둥! 「X파일」의 멀더가 세 번째 소원을 빌 때의 심정도!”

다양하고 풍성한 느낌은 창의력의 모유!

나는 소망한다, 내게 금지된 것을
—양귀자

"금지된 게 뭐가 있을까나?"
"내 피 빨아먹은 모기 피 빨아먹기."
"뭐! 동물 학대하면 안 돼!"

소원을 이루는 기술
창의력은 소원을 이루는 뒷심

소원을 이루는 것에 관심이 많다면 내가 번역한 책 『소원을 이루는 기술』을 꼭 읽어보길 바라. 저자인 바버라 셔는 이렇게 주장하고 있어. 꿈을 이루는 데는 불굴의 의지나 각고의 노력이 필요한 게 아니라고. 의지가 박약하고, 게으르고, 자제력이 없고, 남다른 재능이 없어도 꿈을 이룰 수 있다고. 꿈을 이루기 위해서는 "꿈"과 "기술"만 있으면 된다고! 또 하나의 고정관념이 확 뒤집히는 소리가 들리지?

바버라 셔의 "꿈을 이루는 기술"은 책을 사서 자세히 알아보도록 하고, 바버라 셔의 지혜를 참고로 해서 내가 생각하는 "기술"을 간단히 이야기해 볼게. 부디 소원성취하기를.

멕시코에 이런 속담이 있다고 해. "인생은 짧지만 널따랗다." "짧지만 굵다"는 말은 많이 듣지만, 널따랗다니 참 신선하고 재미난 표현이야. 그러니까 인생은 좁다란 오솔길이나 외길 같은 게 아니라, 수많은 길이 있고, 다양하고 다채로운 구석이 있다는 뜻이겠지. 할 일도, 하고 싶은 일도 많고, 이런저런 꿈도 많고 말이야.

앞서 「꿈은 창의력의 날개」를 읽고 한바탕 꿈을 꿔봤겠지? 진정으로 원하는 것이 무엇인지도 알아냈고? 근데 만날 현실 도피하는 꿈만 꾸었다면 어쩌지? 그런 사람은 꿈을 글로도 써보는 게 좋을 거야. 아니, 글로만 쓰면 돼! 위대한 작가가 될 수 있을 거야.

아무런 꿈이 없다면 당연히 꿈을 이룰 수도 없지. 사실 꿈이 없이 사는 사람도 많은 것 같아. 다람쥐 쳇바퀴 돌듯 만날 똑같은 꿈을 되풀이해서 꾸는 사람도 많고. 꿈이 활짝 펼쳐진 세계를 상상도 하지 않고, 가슴 벅차게 느껴 보지도 않고 말이야. 그건 정말 딱한 노릇이 아닐 수 없어.

진정으로 원하던 꿈이 마침내 이루어진 세계를 상상하고 느껴 봤다면, 이제 벅찬 가슴으로 꿈의 건축물을 구체적으로 설계할 필요가 있어.

중요한 것은 꿈을 구체적인 목표로 바꾸는 거야. 수의사가 되기를 꿈꾼다면? 막연히 수의사가 될 꿈에 젖어 몽롱하게 사는 게 아니라, "수의과대학에 입학하기"를 목표로 삼는 거야. 그러려면 한국에서는 시험을 잘 봐야 하지. 그러니 "내신 등급 올리기"를 중간 목표로 삼을 필요가 있어. 내신 등급을 올리려면? 예를 들어 수학 실력이 좀 딸려. 그렇다면 "수학 문제집 XX 정복하기"를 작은 목표로 삼는 거야. 이런 식으로 계속 구체화시켜서, 1년 목표, 6개월, 3개월, 1개월, 1주일 목표, 1일 목표까지 〈구체적으로〉 세워. 그리고 목표를 향해 질주하는 거야. 꿈을 이루는 "기술"이라는 게 어렵지 않지?

근데 공부하기가 싫다! 어쩌지?

에효, 웬만하면 수의사의 꿈을 접어야겠지. 하지만 한사코 수의사가 되고 싶다면? 열정이 있다면? 당연히 꿈은 이룰 수 있어. 어떻게? 물론 창의력으로!

학교 공부하기가 싫다! 그런데 꿈을 이루려면 학교 공부를 잘하는 게 필수다! 그렇다면 일단 공부에 재미부터 붙여야 해.

재미란 무엇이지?

재미의 본질은 무엇인가? 이런 본질적인 사고를 한번 해보자.

간단한 문제 하나.

"두 개의 잔이 있다. 하나는 5리터들이, 다른 하나는 3리터들이. 이 두 개의 잔만을 이용해서 수도꼭지에서 4리터의 물을 받아보라."

▶▶ **해답은 200쪽에**

이 문제에 재미있어 한 사람 O와 재미없어 한 사람 X가 있다고 하자. 두 사람은 무슨 차이가 있을까? O는 문제에 관심이 있어. 왠지 문제가 흥미로워 보여. X는 관심이 없어. 문제가 괜히 골치만 아픈 것 같아. O는 문제를 풀어보고 싶어. X는 문제를 쳐다보기도 싫어.

이제 재미의 본질을 알겠어?

재미란 첫째, 관심을 기울이는 데서 시작한다!

재미는 일단 관심에서 출발하는 거야. 공부에 관심을 가져 봐. 평소에 수학 공부를 하기 싫다면, 먼저 수학에 관심을 기울일 필요가 있는 거야. 궁금해하면서 관심을 기울이다 보면, 수학 문제 풀이가 재미있다는 것을 알 게 될 거야.

얄궂은 유머 하나.

어느 날 한 소녀가 식사 초대를 받아 친구 집에 갔다. 친구의 어머니는 시금치를 싫어하는 아이들이 많다는 것을 알고 소녀에게 시금치를 좋아하는지 물어보았다.

"저는 좋아해요."

소녀가 대답했다. 하지만 시금치가 나왔어도 맛도 보지 않았다. 친구 어머니가 어리둥절해서 물었다.

"아까 시금치를 좋아한다고 하지 않았니?"

그러자 소녀가 천연덕스레 대답했다.

"예, 좋아하기는 해요. 하지만 먹을 만큼 좋아하지는 않아요."

수학에 관심을 갖게 되어 수학이 살짝 좋아졌어. 근데 실력이 딸려서 문제를 풀 수가 없어. 이래도 수학이 재미있을까?

재미의 본질 둘째, 할 줄 알아야 재밌다!

〈두 개의 잔〉 문제에 끌려서 도전을 하긴 했는데 도저히 해답을 못 찾겠어. 그러면 그 문제에 재미를 느끼기가 쉽지 않지. 자전거를 탈 줄 모른다. 그렇다면 자전거 타기에서 어떻게 재미를 느끼지? 바둑을 둘 줄 모른다. 바둑에서 재미를 느낄 수가 없지. 쉬운 수학 문제도 못 푼다. 수학은 골치만 아플 거야.

할 수 있어야 재미있다.

할 수 있으려면? 당연히 배워야지! 배우면 할 수 있게 돼. 그러면 재미있게 되고, 수학이 재미가 있으면 학교 공부도 잘하게 될 수밖에. 인터넷 EBS 강의 가운데 수포자**수학을 포기한 자**를 위한 왕초보 강의(무료!)도 있던데, 쉬운 것부터 재미를 붙여 가면 꿈이 멀지만은 않을 거야.

재미란 관심을 기울이면 기울일수록,
배우면 배울수록 깊어지는 것!

"미래의 문맹은 읽을 줄 모르는 사람이 아니라, 배울 줄 모르는 사람! The illiterate of the future will not be the person who

자, 이제 학교 공부가 재미있어졌으니, 수의과대학에 입학하는 것도 불가능한 꿈만은 아니겠지?

창의력은 재미를 발견하는 것

소원을 이루는 기술을 단계별로 이야기해 보면, 1단계로, 무엇보다 먼저 자기가 어떤 존재인가를 알아볼 필요가 있어. What am I? 「세상에서 가장 위대한 질문」에서 생각해 봤지? "너 자신을 알라." 이건 2단계를 위한 거야.

2단계는 진정으로 원하는 꿈을 발견하는 거야. 자기를 알아야 자기 꿈도 알 수 있어. "나는 어떤 존재인가?" 이 질문의 중요성이 새삼 느껴지지? 「가장 소중한 것」과 「꿈은 창의력의 날개」에서 한바탕 꿈을 꾸면서 진정으로 원하는 꿈을 발견했기를 바라. 진정으로 원하는 꿈은 여러 가지일 수 있고, 바뀔 수도 있어. 암튼 꿈을 꿀 때 비로소 활화산처럼 열정을 뿜어내며 잠재능력을 발휘할 수 있다는 것!

3단계는 꿈을 구체적인 목표로 바꾸고, 계획을 세우고, 하루하루 실천해 나가는 거야. 여기까지만 잘 하면 웬만한 소원은 거의 다 이룰 수 있지 않을까?

노력을 하다 보면 어려움이나 문제점에 부닥칠 때가 있게 마련이야. 4단계는 문제를 해결해 나가는 거야. 창의력의 핵심은 문제 해결 능력. 「괴로울 때는 우주여행을 해」 이야기와 바버라 셔의 『소원을 이루는 기술』 등이 도움이 될 거야. 믿을 수만 있다면 종교도 도움이 될 거야.

중요하지 않은 게 없지만, 5단계, 이것이 참 중요해. 성취감을 느낄 필요가 있다는 것! 이런저런 성취감을 맛본 사람이 더 큰 성취를 이룰 수 있어.

고기도 먹어본 사람이 잘 먹는다는 말 들어봤지? 하루하루 계획을 실천해나가면서 목표를 달성할 때마다 느끼는 "뿌듯함"! 그것이 바로 우리의 "고기"야. 성취감이라는 이 "고기"만큼은 자주 즐길 필요가 있어. 거기엔 양질의 행복 단백질이 듬뿍 들어 있지. 뿌듯함을 느낄 때면 행복 호르몬이 마구 분비되면서 절로 불끈 힘이 나게 돼.

또 열심히 실천을 하다보면 "무아지경" 상태를 경험하게 될 거야. 수학 문제를 풀거나, 영어 공부를 하면서도 무아지경을 경험할 수 있어. 무슨 일을 하든, 자기가 하는 일에 몰입할 때 느끼는 무아지경과 뿌듯함이 우리 꿈에 날개를 달아줄 거야.

근데 실천이 잘 안 되고 지지부진하면 어떡하지? 그건 욕심을 내서 무리한 계획을 세운 탓이 아닐까? 무리한 계획이 아니라면? 그 사이에 혹시 진정 원하는 것이 바뀐 게 아닐까? 열정이 식어버린 게 아닐까? 그럼 다시 처음부터 시작하면 돼.

열정이 식은 것도 아닌데 실천이 잘 안 된다면? 예를 들어 작가가 되기 위해 습작을 하고 있는데, 글이 잘 안 쓰인다면? 하고자 하는 것을 잘하지 못해서 회의가 든다면? 화가가 되고자 하는데 도대체 그림이 잘 안 그려진다면?

『채근담』이라는 책에 내가 아주 좋아하는 문장이 둘 있는데, 그중 하나는 이거야.

> 글은 졸拙함으로써 나아가며, 길道은 졸拙함으로써 이루어지나니, 이 졸拙 자 하나에 무한한 뜻이 담겨 있다(文而拙進, 道而拙成, 一拙字 有無限意味). 복숭아꽃 핀 마을에 개가 짖고 뽕나무 사이에 닭이 운다고 하면 글이 투박하되 어쩌면 그리 따뜻한가. 그러나 차가운 못에 달이 비치고 고목에 까마귀 우짖는다 하면 퍽이나 교묘하기는 하지만 문득 기상이 쇠락한 게 느껴진다.

졸拙하다는 것은 투박하다는 뜻이야. 더 쉽게 말하면 엉성하다는 뜻이지. 글은 투박하고 엉성함으로써 나아가고, 길 역시 투박하고 엉성함으로써 이루어진다는 것. 뒷부분의 복숭아꽃 운운한 대목은 문장이 좀 진부하지만, 문이졸진文而拙進 도이졸성道而拙成, 이 구절은 가슴에 새겨둘 만한 명언이야.

꿈을 이룬다는 것은 길을 닦는 것과 같아. 일단은 엉성하고 투박하게!

바버라 셔의 책은 반은 "꿈" 이야기이고 반은 "기술" 이야기인데, "기술"을 거칠게 간추려 보면 이래.

1. 브레인스토밍으로 문제 해결의 길을 찾는다.

2. 품앗이로 직접적인 도움을 받는다.

3. 효율적으로 시간 관리를 한다.

4. 두려움을 떨치고 일단 행동한다.

5. 가족과 친구의 도움을 구한다.

6. 매주, 매일, 얼마만큼 꿈에 다가갔는가를 확인 점검하고 계획을 수정한다.

7. 작은 목표를 달성했으면 자신에게 작은 보상을 주며 자축한다.

8. 잠들기 전에 꿈이 이루어진 세상에서 지내는 모습을 상상한다.

부디 꿈을 이루기를.

꿈을 이룬다는 것은 어떤 목표를 달성함으로써 완료되는 것이 아니라, 이상을 향해 하루하루 설레며 나아가는 거야!

『소원을 이루는 기술』에 나오는 명언을 하나 인용하고 이번 이야기를 접자. 나비 효과. 현재의 사소한 차이가 미래의 엄청난 차이를 낳는다는 것 잊지 않았지?

"훌륭한 행위는 사소하고 꾸준한 행동들로 이루어져 있다. 그러니 당신이 배워야 할 것은 그런 사소한 행동들을 소중히 여기며 꾸준히 계속하는 것이다. Great deeds are made up of small, steady actions, and it is these that you must learn to value and sustain."

"아빠가 진정으로 원하는 것은 뭐야?"
"하나만 말하라면, 달을 따는 거야."
"뭐! 그거 가능해?"
"나는 불가능하기 때문에 꿈을 꿔."

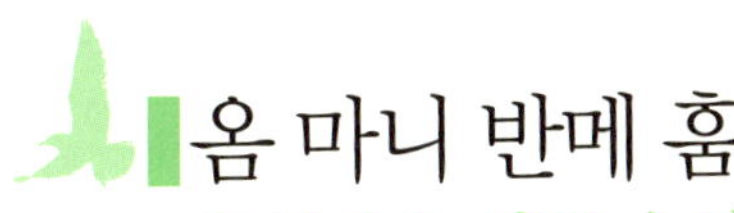

옴 마니 반메 훔
창의력은 연꽃 속의 보석

"인간만사 새옹지마"라는 말 들어 봤지? 새옹지마塞翁之馬는 변방에 사는 늙은이의 말이라는 뜻인데, 여기서 변방은 중국 옆에 있는 티베트를 뜻하는 말이야. 티베트에서는 거의 모든 사람이 탄트라 불교라는 걸 믿어.

어느 날 티베트의 한 노인이 말을 잃어버렸어. 말은 큰 재산이어서 동네 사람들이 안됐다고 노인을 위로했지. 하지만 불행한 일을 당하고도 노인은 전혀 불행해하지 않았어. 그저 담담히 "옴 마니 반메 훔!"이라는 만트라신성한 주문만 외울 뿐이었지.

티베트 사람들이 입에 달고 사는 이 만트라를 번역하면, "옴, 연꽃 속의 보석이여, 훔!"이라는 뜻이야. 옴과 훔은 창조와 파괴의 신을 부르는 신성한 소리라는군. 더러운 진흙 연못에서 자라도 더러움에 물들지 않고 아름답게 피어나는 연꽃은 깨달음을 상징해. 깨달음을 얻은 부처, 또는 불성을 상징하기도 하지.

절에서 불상이 놓인 좌대에 연꽃이 그려져 있는 것 본 적 있지? 연꽃 위의 불상은 "마니 반메"를 형상화한 거야. 연꽃은 음(여성), 보석은 양(남성)을 상징해서, 음양이 화합한 그 모습에 천지의 진리가 담뿍 담겨 있다는 게 탄트라불교의 교리 가운데 하나야.

그건 그렇고 어느 날 잃어버린 말이 야생마 한 마리를 데리고 왔어. 짝을 데려온 거야. 동네 사람들은 정말 잘됐다고 노인에게 축하 인사를 했어. 말을 잃은 줄 알았는데 도리어 한 마리가 더 생긴 데다 새끼까지 얻게 생겼으니 경사가 났잖아? 하지만 노인은 좋아라 하지 않고 담담히 "옴 마니 반메 훔!" 하고 만트라만 읊조렸어.

어느 날 하루는 노인의 아들이 새로 생긴 야생마를 타고 놀다가 말에서 떨어져 다리가 뚝 부러지고 말았어. 영영 불구가 되고 말았지. 야생마가 생기지 않았으면 그런 일이 없었을 텐데 참 안됐다면서 동네 사람들은 노인을 위로했어. 하지만 불행한 일을 당하고도 노인은 역시나 전혀 불행해하지 않았어. 다만 "옴, 연꽃 속의 보석이여, 훔!" 하고 만트라만 읊조렸지.

인간만사 새옹지마. 인간 세상의 길흉화복은 알다가도 모를 일이야. 화가 복이 되고, 복이 화가 되거든. 예를 들어 로또 복권에 당첨되어 벼락부자가 되었는데, 주체할 수 없는 돈 때문에 친척들과 다

툼이 벌어지고 가정파탄까지 나서, 가난하게 살 때보다 훨씬 더 불행해진 경우가 실제로 많아. 불행이 행복의 원천이 되고 행복이 불행이 원천이 되기도 하는 이 세상은 정말 요지경이 아닐 수 없어. 그럴 때 인간만사 새옹지마라고 되뇌게 되지.

이야기는 아직 끝나지 않았어. 전쟁이 터져서 젊은 남자들이 모두 전쟁터에 끌려가게 되었지. 전쟁터에 나간 마을 젊은이들은 모두 죽고 말았어. 그런데 노인의 아들은 장애인이라서 전쟁터에 끌려가지 않고 오래오래 잘 살았어.

"옴 마니 페메 훙!"

티베트의 노인은 감정도 없는 사람이었을까? 그게 아니라 노인은 불행과 행복에 대해 〈판단 보류〉를 한 거야. 꼭 불행이 불행 아니고, 행복이 행복 아니라는 것을 알고, 오직 "연꽃 속의 보석"이라는 진리의 깊은 맛을 음미했겠지. 노인은 더 이상 행복할 수 없을 만큼 행복했을 거야.

창의력은 불행을 행복의 원천으로 삼는다

창의력은 진리의 깊은 맛을 음미하는 것

이 산스크리트어를 한국인은 "옴 마니 반메 훔"이라고 읽고, 티베트 사람들은 "옴 마니 페메 훙"이라고 읽고, 영어식으로는 "옴 마니 파드메 훔." 중국 사람들은 "옴 마니 바미 훙?"

침묵의 소리를 들어 봐
창의력은 삶의 진창에서 꽃을 피우는 것

중이나 가톨릭 교역자(신부) 가운데 1년씩, 심지어는 10년씩 도통 말을 하지 않는 사람들이 있어. 묵언 수행을 하는 거지.

"아빠, '스님'이라는 좋은 말 놓아두고 왜 '중'이라고 그러냐?"

"스님이란 불교 승려를 높여 부르는 말이야. 중들 가운데 도둑놈이 수두룩한데, 어떻게 모든 중을 높여 부르냐?"

"까칠하기는. 그래도 명색이 성직자인데 좀 높여주면 안 되겠냐?"

"성직자의 길은 원래 험난하니까 마땅히 존중해 줄 만해. 하지만 험난한 길을 가기는커녕 신도들을 등쳐서 호의호식하는 성직자가 쌔고 쌨어. 성철 스님이 막 중들의 우두머리가 되었을 때, 기회는 이때다 하고 이렇게 외쳤다더군. '중놈들은 도둑놈이고, 부처는 도둑놈 앞잡이고, 절은 도둑놈 소굴이다아아!'"

"워매! 이제 보니 중놈들 못쓰겠구나?"

"그 반대다, 욘석아."

"앙?"

"자기 자신을 욕하고 부처를 뺨칠 수 있는 승려라면 존경해도 돼. 일단 한없이 정직하지 않으면 결코 그럴 수 없거든. 게다가 그건 정직하게 자기반성을 한 것만이 아니야. 자기를 도둑놈으로까지 한없이 낮추면서, 부처라는 우상을 타파하고 있는 거야. 그런 승려라면 '스님'이라고 부를 만해."

"스님들 많아?"

"모르긴 해도 꽤 될 거다."

지금 묵언(말 하지 않음) 이야기 중이었지? 평생 말을 하지 못하고, 듣지도 못하는 장애인도 꽤 된다는 거 알고 있을 거야. 한국에만도 청각장애인이 20만 명이 넘는다더라. 그들이 쓰는 수화 몇 가지만 알아보자.

"안녕(안녕하세요? 안녕히 계세요. 안녕히 가세요)."
　　오른손바닥으로 왼팔을 아래로 쓸어내린 후("잘"), 두 주먹을 쥐고 앞으로 한(두) 번 끄떡(끄떡) 한다("있음").

"고맙습니다."

양손 손바닥을 편 상태로, 왼손은 손바닥이 아래로 가게 수평으로 두고, 오른쪽 손날로 왼쪽 손등을 한두 번 두드린다.

"미안합니다."

말아 쥔 오른손 엄지와 검지로 동그라미를 만든 후 이마에 댔다가 떼고 "고맙습니다"와 같은 동작을 한다.

"괜찮습니다."

오른손을 말아 쥐고 새끼손가락만 펴서 턱에 댄다.

"반갑다/ 기쁘다/ 즐겁다."

양손의 네 손가락을 구부리고 손끝을 양쪽 가슴에 댄 후 위아래로 엇갈리게 움직이며 환한 표정을 짓는다. ("기쁘다", "즐겁다"를 구분하고 싶으면 같은 동작을 하면서 다만 손가락을 기역자 모양으로 하면 "기쁘다", 지읒 모양으로 하면 "즐겁다"가 된다. 근데 지읒 모양을 어떻게?)

"사랑한다."

왼손 주먹을 쥐고 그 엄지와 검지 위로 오른손바닥을 얹어 쓰다듬듯이 시계 방향으로 돌린다.

"예쁘다/ 아름답다."

오른손 검지를 펴서 볼에 대고 살짝 돌린다.

"그립다."

오른손 검지를 관자놀이에 댄 후 떼며 오른손 다섯 손가락을 하늘하늘 흔들며 앞으로 내민다.

“괴롭다.”

오른손 다섯 손가락을 구부려 가슴에 대고 손을 시계방향으로 돌린다.

“안타깝다.”

오른손 주먹으로 왼손바닥을 두어 번 내리친다.

“친구.”

손뼉 짝짝.

“나 너 사랑해.”

오른손바닥을 가슴에 댔다가(“나”) 손바닥을 위로 한 채 앞을 가리키고(“너”) 왼손 주먹 위로 오른손바닥을 크게 돌린다[“(매우) 사랑한다”].

“나무가 바람에 흔들린다.”

오른팔을 수직으로 세운 상태에서 손을 나부끼듯 흔드는데, 팔꿈치를 왼쪽 손바닥으로 받친다.

세상에서 가장 유명한 수화 하나.

어느 날 석가모니가 설법을 하러 연단에 올라갔어. 그런데 한 마디 말도 하지 않고, 다만 연꽃 한 송이를 집어 들고 빙그레 웃었어. 한자말로 이것을 염화미소拈華微笑라고 해. 꽃을 집어 들고 미소를 지었다는 뜻이야. 이 몸짓의 의미를 알겠어?

이 풍진風塵(바람에 날리는 먼지, 그런 먼지 같은 것들) 세상에서 깨달음을 얻는다는 것은 더러운 진흙탕에서 아름답게 연꽃이 피어나는 것과 같다는 것을 그런 몸짓으로 보여준 거야. 단 한 사람, 가섭이라는 제자만이 그 뜻을 헤아리고 빙그레 웃음으로 답했다고 해. 이쯤 되면 수화 하나가 백 마디 말보다 낫겠지?

이때 석가모니는 지혜를 말이 아닌 마음으로 전한 거야. 또는 침묵으로 전한 거지. 사실 진짜 지혜는 언어로 전하는 것이 불가능해. 그게 가능하다면 석가모니 이후의 모든 사람이 다 깨달음을 얻었겠지. 책만 읽고서 말이야.

언어로 인해 인간은 프로타고라스의 말대로 "만물의 척도"(만물의 이치를 헤아리는 존재)가 되었다지만, 다른 한편으로는 언어 공해에 시달리게 되었어. 말, 말, 말, 말. 그 중에 반은 허튼소리이고, 나머지 반의반은 실없는 소리이고, 나머지 반의반은 거짓말이고, 또 나머지 반의반은……. 암튼 언어 공해는 때로 담배 연기 같은 것일 수 있어. 숭산 스님의 제자인 파란 눈의 현각 스님은 이렇게 말했지. "수행을 하면서 말을 하는 것은 조깅을 하면서 담배를 피우는 것과 같다."

그런 의미에서 일주일쯤, 에잇, 내친 김에 한 달 동안! 묵언 수행을 해보면 어떨까? 어떻게 그런 심한 짓을?

성철 스님은 10년 동안이나 묵언 수행을 했어. 그뿐 아니라 8년 동안 장좌불와長坐不臥 수행을 했다네? 밤낮 없이 결코 눕지 않고, 엎드리지 않고, 등을 어디에 기대지도 않고, 오로지 서거나 앉은 자세로만 지내면서 수행에 전념했다는 거야. 한 달도 아닌 8년을? 잠들면 쓰러지니까 잠도 안 자!

"워매, 징한 것!"

그렇게까지 수행한 사람도 있는데, 고작 한 달쯤 말을 안 하는 건 일도 아니겠지?

중들은 자기 방문에 "묵언默言"이라고 쓴 팻말을 걸어놓기도 하고, 목걸이로 만들어서 목에 매달고 다니기도 해. 묵언 수행 중이니 말 걸지 말라는 표시야. 정 급한 일이 있으면 입은 꾹 다물고 필담을 한다는군.

그럼 함 해볼까? 자, 시작이야. Here we go!

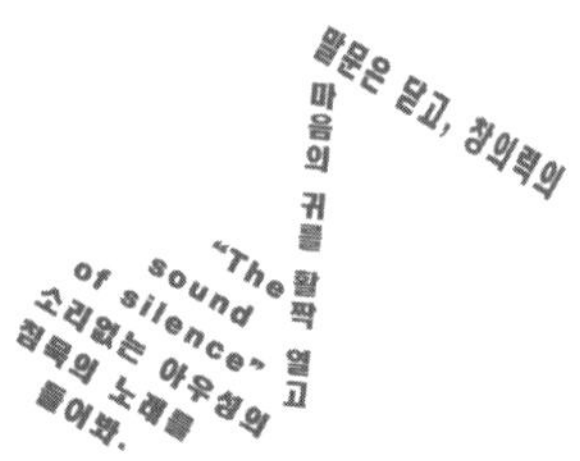

껍데기는 가라
창의력은 껍데기를 깨고 나오는 것

껍데기는 가라.
4월도 알맹이만 남고
껍데기는 가라.

껍데기는 가라.
동학년 곰나루의, 그 아우성만 살고
껍데기는 가라.

그리하여, 다시
껍데기는 가라.
이곳에선, 두 가슴과 그곳까지 내논

아사달 아사녀가

중립의 초례청 앞에 서서

부끄럼 빛내며

맞절할지니

껍데기는 가라.

한라에서 백두까지

향그러운 흙가슴만 남고

그, 모오든 쇠붙이는 가라.

—신동엽 시인의 「껍데기는 가라」 전문

"껍데기는 가라"는 말이 통쾌하지 느껴졌다면 이 시의 99퍼센트는 너끈히 이해했다고 할 수 있을 거야. 창의력을 기르려는 사람은 대담하게 껍데기를 패대기칠 필요가 있어.

껍데기와 껍질은 달라. 밤, 호두, 달걀, 조개 들에는 껍데기가 있고, 사과, 감, 토마토, 호박 들에는 껍질이 있지. 껍데기는 안팎이 확실히 구분되고 알맹이와는 질이 다른데, 껍질은 알맹이와 비슷해. 귤껍질과 바나나 껍질도 사실상 알맹이와 질이 거의 같지? 껍데기는 딱딱하고 껍질은 무른 게 보통이야. 껍데기는 인간이 먹을 만한 게 아니지만, 껍질은 인간에게 알맹이보다 더 유익할 수도 있어. 사과 껍질과 현미 껍질처럼.

껍데기는 가라!

"하지만 달걀에 껍데기가 없으면 어떡해? 껍데기가 괜히 딱딱하겠어? 다 이유가 있지. 껍데기도 소중하다!"

맞는 말이야. 하지만 밤이나 호두가 싹 트려면? 우리가 먹으려면? 달걀 프라이라도 하려면? 달걀이 부화하려면? 생명이 움트려면 당연히 껍데기를 버려야 해.

껍데기에는 허울, 허위, 위선, 위장, 가장, 가식, 거짓 등의 뜻이 담겨 있어. 껍데기는 생명이 없는 것의 상징이야.

2001년까지 생산된 소형차 가운데 티코라는 게 있었어. "달리던 티코가 멈추었다. 왜? 바퀴에 껌이 붙어서." 우리나라는 다른 나라들에 비해 유난히 소형차를 싫어해. 조그마한 차를 타면 체면을 구긴다고 생각하기 때문이지. 실속은 따지지도 않고, 허울과 가식에 사로잡혀서 그래. 껍데기에 씐 거지.

한국의 한 성직자는 교인들의 헌금을 사사로이 챙겨서 마법 주머니가 미어터지려고 해. 처가와 친가 주머니가 다 그래. 그걸 자식들한테도 바리바리 넘겨서 자식들이 재벌이 됐을 정도야. 다 늙어 외국에 나가서는 창녀와 지내고 돌아와 아내한테 매독을 옮겼다는 소문이 파다하게 퍼져서 세상이 다 시끌시끌해. 사실이든 아니든 그런 소문이 났다는 사실만으로도 충격적인 일이야. 이런 성직자의 껍데기, 그 허울과 위선, 거짓, 탐욕과 어리석음은 생각만 해도 모골이 송연할 지경이야.

이런 사례를 돌아보면 사회적 신분이나 지위, 배경과 재산도 껍데기에 지나지 않는다는 걸 알겠지? 그 사람의 본질과는 전혀 딴판이니까 말이야.

우리의 동포들이 밤과 낮으로

정성껏 만들어 보낸 비행기 한 채에

그대, 몸을 실어 날았다간 내리는 곳

소리 있이 벌이는 고흔 꽃처럼

오히려 기쁜 몸짓 하며 내리는 곳

쪼각쪼각 부서지는 산더미 같은 미국 군함!

미당 서정주 시인의 「송정오장 송기松井伍長 頌歌」라는 시의 일부야. "그대"는 "조선 경기도 개성 사람/ 인씨印氏의 둘째 아들 스물한 살 먹은 사내." 이 조선 사내가 마쓰이松井라고 창씨개명을 하고 일본군에 입대해서, 전투기를 몰고 미국 항공모함을 들이받고 자폭한 것에 박수갈채를 보내는 시야. '소리 없이'가 아니라 "소리 있이" 벌어지는(피어나는, 그러나 실은 자폭하는) 고운 꽃처럼, 일본을 위해 "오히려 기쁜 몸짓 하며" 나가 죽으라고 조선 청년들을 충동질한, 참으로 기가 막히고 숨이 턱 막히는 시지.

이런 시들을 누가 쓰라고 강요해서 쓴 것이 아니라 자진해서 네

편을 써서 발표했어. 이런 식의 수필과 소설, 평론까지 썼지. 자신의 출세와 영화를 위해서. 그리고 훗날 이렇게 말했어. "일본이 그렇게 쉽게 항복할 줄은 꿈에도 몰랐다. 못 가도 몇 백 년은 갈 줄 알았다." 그래서 일제에 빌붙어서 호의호식하며 살았다는 거지. 민족을 팔아먹었다고 해도 지나친 말이 아니야. 하지만 광복 후 어떤 반성도, 진심어린 어떤 사과도 하지 않았어. 그리고 못된 독재 권력자들에게 또 빌붙어서 호의호식하며 살았지. 독재자를 찬양하는 요따위 시를 써서 바치면서 말이야.

> 한강을 넓고 깊고 또 맑게 만드신 이여
> 이 나라 역사의 흐름도 그렇게만 하신 이여
> 이 겨레의 영원한 찬양을 두고두고 받으소서.

> 새맑은 나라의 새로운 햇빛처럼
> 님은 온갖 불의와 혼란의 어둠을 씻고
> 참된 자유와 평화의 번영을 마련하셨나니

이 시를 받은 독재자는 살인마라고까지 불린 인물이야. 그가 미당未堂을 말末당이라고 불렀다고 해서 세상을 한 번 쓰디쓰게 웃겼어. 서정주는 정치권력에 빌붙어서 문단 권력을 장악하고 수많은 제자를 배출하면서, 「껍데기는 가라」와 같은 시를 쓴 민중문학 작가들을 사납게 비난했지.

서정주는 한국 최고의 시인으로 손꼽히는 사람이야. 사실 주옥같은 시를 많이 썼다는 걸 인정하지 않을 수가 없어. 시어를 다루는 솜씨가 정말 대단했거든. 그래서 그의 예술성이 허물을 덮어주고도 남을 만큼 뛰어나다고 찬미하는 사람이 너무나 많아. 수많은 제자를 길렀다는 게 한몫 단단히 했을 거야. 친일과 친독재 행위를 사소한 허물로 친다면 시인으로서 정말 대단한 "명예"를 거머쥔 셈인데, 속을 들여다보면 "명예"라는 것도 참 허망한 껍데기에 지나지 않는다는 걸 알겠지?

사회적 신분이나 지위, 배경과 재산, 명예는 모두 껍데기야. 왜? 알맹이와 겉도니까. 백범 김구 선생님처럼 명실상부하게 훌륭한 분도 많긴 하지만 말이야.

서정주는 왜 반성도 사과도 하지 않았을까? 기라성 같은 제자들이 제발 사과 좀 하라고(하는 척이라도 하라고) 은근히 재우쳤지만 단호하게 거절했어(앗, 쓰고 보니 "기라성"이 일본말이다. "빛나는 별"로 순화). 왜 그랬을까? 답은 간단해. 껍데기에 씌었기 때문이야. 역사를 전혀 이해하지 못한 "어리석음", 출세와 영화에 눈먼 "탐욕"이 서정주의 껍데기였어. 탐욕과 어리석음은 사실 모든 인간의 껍데기라고 할 수 있어.

왜 그게 인간의 껍데기일까?

왜냐하면,

탐욕과 어리석음이 우리를 눈멀게 하고, 귀 먹게 하거든. 우리 마음을 일그러뜨리고 양심을 질식시키거든. 이보다 더 몹쓸 껍데기는 아마 없을 거야.

껍데기는 가라!

최고의 창의력을 발휘하려면 탐욕과 어리석음을 떨쳐버려야 할 거야. 물론 쉬운 일이 아니지.

그럼 알맹이는 뭘까?

알맹이는 껍데기를 벗어버린 다음에야 드러나니, 알맹이가 뭔지 말하긴 참 어려워. 탐욕과 어리석음에서 벗어난, 그 해탈의 알맹이를 뭐라고 해야 할까?

앞의 시에서 아사달 아사녀는 알몸으로 결혼식을 해. 허울을 벗고, 치장도 위장도 허위도 가식도 없이. 사회적 신분이나 지위, 배경과 재산도, 명예도 다 저리 가라하고. 알몸으로 "부끄럼 빛내며"! 서정주의 어떤 제자 말에 따르면 서정주는 부끄럼을 몰랐어. 그가 부끄러워했어야 할 것들, 곧 그의 치부는 아주 추해. (치부는 원래 추한 것이라는 고정관념이 있기도 하지.) 하지만 아사달 아사녀의 부끄럼은 빛이 나! 부끄러운 것, 곧 치부가 빛나는 거야! 치부가 아름다워! 껍데기를 버리면!

이건 정말 놀라운 한판 뒤집기야.

창의력은 아름다운 뒤집기

그, 모오든 쇠붙이, 쇠붙이의 그 폭력,

그, 거짓과 위선,

그, 모골이 송연한 추악함,

그, 탐욕과 어리석음은 가라. 껍데기는!

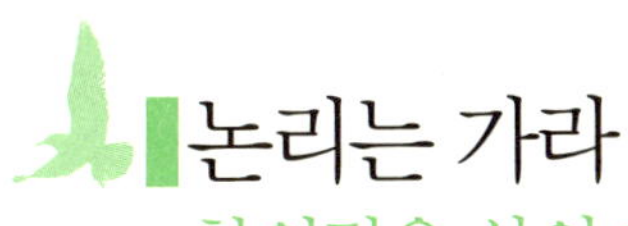

논리는 가라
창의력은 삶의 알맹이

허똑디 : 만 원만 빌려줄래?

안어벙 : 그러지 뭐.

허똑디 : 고마워. 하지만 5000원만 줘.

안어벙 : 그래. 자, 받아. 근데 왜?

허똑디 : 이제 너는 나한테 5,000원 줄 게 있고,
　　　　나도 너한테 5,000원 줄 게 있어.

안어벙 : …….

허똑디 : 그러니 우린 서로 주고받을 게 없는 셈이야. 맞지?
　　　　어서 대답해.

안어벙 : ?

아, 어서 대답해! 이런 황당한 논리를 깨부수지 못해서 설마 돈을 뜯기는 일은 없겠지? 다음 내용을 읽기 전에 핵심을 짚어서 반박해 봐.

"빌렸으면 갚아야지 무슨 헛소리야!" 이렇게 목소리를 높인다고 논리를 깨부술 순 없어.

"얼른 나머지 5,000원을 빌려 줘. 그러면 줄 건 없고 받을 것만 있잖아." 이래도 소용없어. 허똑디는 나머지 5,000원을 빌리기 전에 대답부터 들을 작정이거든.

"에잇 추접다. 5,000원 떼먹고 어디 잘사나 보자." 이래서는 평생 뜯기고만 살지도 몰라.

핵심은 이거야. 서로 5,000원씩 "줄 게 있다"고 허똑디가 부르짖었지만, 허똑디가 주는 것은 "돌려" 주는 것이고, 안어벙이 주는 것은 "빌려" 주는 거야. 서로 줄 게 있다고 해서 그게 똑같은 게 아니란 말씀. 허똑디는 같지 않은 것을 같은 것으로 혼동해서 논리를 비약시켰어.

허똑디 : 그래도 어쨌든 서로 5,000원씩 줘야 한다는 건 여전해.
　　　　빌려주든 돌려주든 아무튼 주긴 줘야 하는 거잖아!
안어벙 : 주긴 줘야 한다? 내 말이 바로 그 말이야. 넌 아까 서로
　　　　주고받을 게 없다고 말했어. 하지만 이제 주긴 줘야 한다
　　　　는 걸 인정했지? 그래, 너는 돌려줘. 나는 빌려줄게.

논쟁 끝에 안어벙은 승리를 거두었어. 하지만 생긴 게 뭐가 있지? 뜯긴 게 없을 뿐이고, 생긴 건 하나도 없어. 이게 바로 논리의 핵심 가운데 하나야. 논리는 결코 새로운 것을 주지 않는다! 잘 해야 본전!

논술시험을 잘 보려면 논리부터 공부해야 한다고 잘못 생각하는 사람이 많아. 하지만 좋은 논술을 쓰려면 무엇보다 먼저 창의력이 있어야 해. 빤한 글이 아니라 참신한 글을 써야 하는데, 그런 글을 착안하는 능력은 논리력이 아니라 창의력이니까.

작은 마을의 늙은 대장장이가 친구와 이야기를 나누고 있었다.

"어머니는 나를 치과의사로 만들려고 했지. 그런데 아버지가 억지로 나를 대장장이로 만들고 말았어."

그러자 친구가 위로하며 말했다.

"어쨌든 지금 잘 살고 있잖아."

"그래. 아버지 말씀을 따른 게 천만다행이었어. 내가 만일 치과의사였다면 진작 굶어죽었을 테니까."

"아니 왜? 그거야 알 수 없는 일이잖아?"

그러자 대장장이가 흐뭇하게 웃으며 말했다.

"아니야. 증명할 수도 있어. 나는 30년이 넘도록 이 가게에서 일해 왔는데, 그동안 이빨 뽑으러 온 손님이 하나도 없었거든."

이 대장장이가 멍텅구리 같아? 천만에. 아주 현명하고 행복한 사람이야. 설령 대장장이가 좀 가난하더라도 말이야. 아니 왜? 지금 유머를 날리고 있으니까!

알렉산더 대왕이 디오게네스에게 부귀영화를 안겨주겠다고 하자, 디오게네스는 이렇게 말했다지? "겨울 햇살이 따스한데 너는 지금 내게 그늘을 드리우고 있다. 좀 비켜 주기만 하면 더 바랄 게 없겠다."

디오게네스는 햇볕만으로도 행복했지만, 알렉산더는 세계를 거의 다 차지했어도 불만투성이였어. 〈논리〉는 멍텅구리! 치과의사였다면 굶어죽었을 것이다! 이게 바로 논리가 가르쳐줄 수 있는 전부야. 논리는 주어진 것, 곧 전제만을 가지고 결론을 내리기 때문이지.

논리는 결코 새로운 것을 가르쳐주지 않는다!

논리는 항상 전제에 얽매여 있지만, 창의력은 그 어디에도 얽매이지 않아. 대장장이가 멍청한 논리로 유머를 하고 있는 정신, 그것이 바로 창의력이지.

논리는 삶의 진실을 가르쳐주지 않는다!

삶은 항상 새로운데, 논리에는 새로운 것이 없기 때문이야. 논리는 우물 안 개구리와 같아. 하지만 그 우물도 잘 들여다보면 쏠쏠한 재미가 있긴 해. 논리의 세계에도 꽤 재미난 이야기가 많걸랑? 잠시 그 우물 속을 들여다볼까?

일단 〈대전제〉라는 것의 함정에 대해 살펴보자. 옛날 사람들은 신이 존재한다는 것을 논리적으로 증명했는데, 그 증명은 이와 같아.

1. "신God"이라는 개념은 "완전한 존재"라는 개념이다.
2. 완전한 존재는 개념으로만 존재하지 않고 반드시 실제로 존재해야만 한다. (그래야 완전한 존재이기 때문.)
3. 따라서 신은 존재한다.

어때? 반박할 수 있겠어?

이 논리에서 완전한 존재라는 〈개념〉을 강조하고 있는데, 우리가 먼저 알아야 할 〈개념〉은 〈대전제〉라는 개념이야. 위 삼단논법에서 대전제가 뭐지? 신은 그 개념상 완전한 존재라는 것. 이게 대전제야. 이 대전제를 받아들이면 신은 존재할 수밖에 없어. 삼단논법의 결론은 대전제 속에 이미 포함되어 있는 거야.

하지만 우리가 왜 대전제를 받아들여야 하지? 신이 완전한 존재라는 것을, 왜 아무런 의심도 없이 고분고분 덥석 받아들여야 하는 거야? NO! 이렇게 대전제를 부정하는 순간 논리는 박살이 나고 말아. "신이 완전하다는 개념은 인간이 발명한 것에 지나지 않는다"고 주장하면, 신의 존재 증명은 와르르 무너지고 마는 거야.

대전제를 의심하라!

좋았어, 그럼 이제 다른 재미난 우물을 들여다보자. 딜레마의 우물.

> "예, 엄마! 알겠어요, 엄마! 예, 당장 할 게요, 엄마!"라는 말만 입에 달고 사는 소년이 있었다. 어느 날 소년의 엄마는 아들이 만날 순종하기만 하는 것에 화가 나서 버럭 소리를 질렀다.
> "제발 그렇게 고분고분하게만 굴지 마!"
> 그러자 소년이 "예, 알겠어요, 엄마!"라고 말했다. 고분고분하게!
> 엄마는 열불이 나서 빽 소리를 질렀다. "고분고분하게 굴지 말랬잖앗!"
> 그러자 소년도 화가 나서 바꿔 말했다. "싫어요! 나는 순종할 거예욧!"

모자 간의 대화가 좀 꼬였지?

"순종하지 말아라!" 이 말에 대해 "예! 순종하지 않겠어요." 하는 건 순종하는 거야. "아니오! 순종하겠어요!" 하는 것도 사실상 순종하는 거야. 대체 소년은 어째야 하지? 이럴 수도 없고 저럴 수도 없어. 이런 걸 딜레마라고 해. 우리말로는 "양도논법"이라는데, 어째 우리말이 외래어보다 더 어려운 것 같다.

양도논법兩刀論法. 양도란 쌍칼이라는 뜻이야. 이 칼을 휘둘러도 베이고, 저 칼을 휘둘러도 베인다 이거지. 국어사전에 나오는 예문 하나. "네가 만일 정직하면 세상 사람이 증오할 것이고, 부정직하면 신이 증오할 것이다. 너는 정직하든가, 부정직하든가 둘 중 하나다. 그러므로 너는 세상 세람의 증오를 받든지 신의 증오를 받을 수밖에 없다." 증오를 피할 길이 없다! 정직할 수도 없고 부정직할 수도 없다. 진퇴양난이다. 궁지에 몰렸다. 이게 바로 딜레마야.

하지만 대전제를 의심하라. 정직하면 세상 사람이 증오한다고? 이 대전제를 왜 받아들여야 하지? 나는 정직한 게 좋기만 하더라! 삼단논법은 이렇게 대전제를 부정하면 바로 딜레마에서 벗어날 수 있어.

하지만 모자 간의 딜레마는 좀 달라. 논리학자들도 골머리를 싸매고 고민고민하다가 얼마 전에야 겨우 실마리를 발견했다네? 다음 글을 읽기 전에 모자 간의 딜레마 해결에 한번 도전해 봐.

난데없이 패륜스러운 유머 하나 날려도 될까? 앞풀이부터 죽 이 책을 읽어 왔다면 건전하게 소화해낼 수 있겠지?

떠꺼머리총각이 홀어미 밑에서 자란 외동딸이랑 혼례를 치르고 처가에서 첫날밤을 맞았다. 한밤중에 비몽사몽간에 볼일을 보러 뒷간에 갔다가 돌아와서, 색시를 새삼 힘주어 안았는데, "여보게, 사위, 이러면 쓰나."

"허걱! 방을 잘못 찾아 들었군요, 장모님. 나갈까요?"

"에이, 말이 그렇지 뜻이 어디 그렇나."

"말이 그렇지 뜻이 그렇나?" 고릿적부터 우리 민족이라면 이 말을 모르는 사람이 없을 거야. 표리부동表裏不同이란 한자말도 있어 (겉 다르고 속 다르다). 그런데 서구인들은 아니야. 논리학자들이 기껏 생각해냈다는 딜레마 해결책을 한번 들어봐.

"'예! 순종하지 않겠습니다!' 하는 것은 말로만 순종하는 것이지 뜻도 그런 것은 아니다. '아니오, 순종하겠어요!' 이건 말로는 순종하지 않았지만 뜻은 순종하겠다는 것이다. 말과 뜻, 그건 차원이 다르다!"

이거야, 원. 호랑이 담배 먹던 시절, 우리 할머니의 할머니도 알았던 것을 고매한 서구 논리학자들이 이제야 알아차렸다니.

우리말에는 위대한 낱말이 또 하나 있어.

"글쎄요."

이 말은 영어에 결코 없는 위대한 말이야. 참인지 거짓인지를 물을 때, 서구인들에게는 예스Yes와 노No라는 대답 이외의 제3의 대답이 없어. 논리적으로 참이 아니면 거짓이다! 서구인들은 이걸 철석같이 믿지. 서구인들은 생각이 두 쪽으로 쪼개져 있다는 게 우리 동양과 크게 다른 점이야. 영혼과 육체! 빛과 어둠! 형식과 내용! 천사와 악마! 참과 거짓! (철학적으로 좀 더 깊이 알고 싶다면 김용옥 선생이 쓴 『(중고생을 위한) 철학강의』를 읽어 봐.)

　그런데 얼마 전에 에드워드 드 보노라는 사람이 새로운 말을 하나 만들어냈어. 포PO! 이걸 번역하면 "글쎄요"에 가깝지. "이거 아니면 저거다"라고 말하지 말고 "글쎄요"라고 말할 수 있어야 창의적 사고를 할 수 있다는 것이 드 보노의 주장이야.
　"글쎄요"는 이 책 「위대한 실험」에서 이야기한 적이 있는 〈판단 보류〉를 위한 언어야. 창의적인 사람에게는 〈판단 보류〉가 꼭 필요해.
　그런데 〈판단 보류〉는 〈판단 회피〉와 달라. 판단 보류는 의문을 품고 계속 헤아리고 살피는 것이지만, 판단 회피는 의문을 접어버리고 아예 생각지 않는 거니까.

　앞의 딜레마를 소년은 창의적으로 이렇게 해결할 수 있어.
　"글쎄요, 생각 좀 해보고요!"
　소년의 엄마가 진정으로 원한 게 바로 이것이었어. 생각해 보는 것! 그래서 순종할 것은 순종하고, 자기 생각이 따로 있다면 반항할 수도 있는 사람이 되는 것! 그래서 마마보이가 아니라 줏대 있는 사람이 되는 것! 엄마의 관점에 순종하며 아무 생각 없이 사는 게 아니라, 자기 관점, 다양한 관점, 그리고 새로운 관점을 가지고 창의적으로 사는 것! 그러려면? 글쎄, 생각 좀 해봐야겠지? 그리고 창의력을 느껴야지!

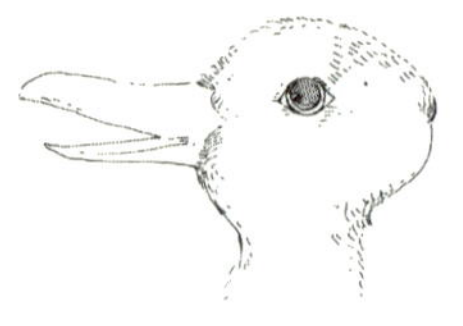

오리일까, 토끼일까?

키스하려는 두 사람의 옆얼굴일까, 술잔일까?

젊은 여자일까, 늙은 마녀일까?

"어떤 동물은 오리이거나 오리가 아니다."

이 말은 논리적으로 참말이야. 오리이면 예스! 아니면 노! 논리적으로 딴 대답은 있을 수 없어. 하지만 세상은 이렇게 두 쪽으로 쫙 갈라지는 게 아냐. 위 그림을 살펴봐.

한국인이라면 누구나 "글쎄, 오리라고 볼 수도 있고, 토끼라고 볼 수도 있지."라는 대답을 쉽게 할 수 있어. 하지만 서구인들에게는 "글쎄"라는 말이 없으니까 대답을 할 수가 없어.

"오리일까?" 임의의 한 동물은 오리이거나 오리가 아니어야만 해. 논리적으로! 근데 위 그림은 그게 아냐.

"토끼일까?" 어떤 동물은 토끼이거나 토끼가 아니어야만 해. 근데 이건 토끼일 수도 있고 아닐 수도 있네? 그러니 서구인들은 예스라고도, 노라고도, 대답을 못 해.

드 보노의 PO라는 말이 있어야 비로소 대답을 할 수 있지. 드 보노는 "수평적 사고방식"이라는 새로운 말을 또 만들었어. 수평적 사고방식이란 다양한 관점의 사고방식을 말하는 거야. 오늘날의 인간은 수직적 사고, 즉 논리적 사고보다 수평적 사고, 곧 창의적 사고를 해야 한다는 것이 드 보노의 주장이지.

논리는 가라!

창의력이 얼마나 짱짱해졌는지 알아보게, 다음 딜레마에 도전해 봐.

프로타고라스와 그의 고객인 학생 사이에 송사가 벌어졌다. 당시에는 강의를 시작할 때 절반의 수업료를 받고, 강의가 잘 끝나서 학습 성과가 있을 때 나머지 절반을 받는 것이 관례였다. 그런데 한 학생이 나머지 절반을 내지 않았다. 프로타고라스는 아테네 법정에 학생을 고소해서, 두 사람은 재판정에서 팽팽히 맞섰다.

학생 : 내가 이 송사에서 이기면 당연히 나머지 수업료를 낼 필요가 없고, 만약 재판에서 진다면 선생이 나에게 변론술을 제대로 가르치지 못했으니 역시 돈을 낼 필요가 없다.

프로타고라스 : 내가 송사에서 이기면 나는 당연히 나머지 수업료를 받을 것이고, 혹시 진다해도 학생이 나를 이길 정도로 변론술을 터득했으니 역시 나머지 돈을 받아 마땅하다.

창의적인 해결이 가능할까? 정답은 있을 수 없겠지만, 소신껏 설득력 있게 판결을 내려 봐! (내 **판결은 다음 쪽에**)

논리는 가라니까!

오매, 가라고라? 지는 갈 디가 읎어라우. 워매, 이 일을 **워**쩐디야.

지는 암시랑토 않응게, 내빌나두면 안 되끄라우?

지도 씰 띠가 을매나 많은디 그런다요?

긍께로 맬갑시~ 무담시~ 뿡금없이~장, 지를 조사서는 안 되제잉.

지가 **쎄** 빠지게 품을 폴아서라도

살림을 쪼까 거들팅게 같이 살갑게 살어라우. **야~?**

"논리야, 당아 안 갔냐요?"

아따, 논리는 폴새 갔지라.

인자부러 지는 **논리**가 아니라 **놀리**여.

이 딜레마의 구조를 살펴보면,

학생: 이기면~ 나불나불, 진다면~ 나불나불.

선생: 이기면~ 나불나불, 진다해도~ 나불나불.

차이는 "진다면~/진다해도~"에 있다.

"어이, 학생, '진다면'을 '진다해도'로 바꾸어 생각해 보라. 학생은 선생보다 잘할 수 있어야 교육성과가 있다고 우기고 있는데, 그게 말이 된다고 생각하냐? 앙? 선생한테 대거리하며 맞짱 뜨는 걸 가만 보니, '진다해도' 남은 수업료를 낼 정도로 배운 거 맞다. 수업료 내!

그리고 선생, '진다해도'를 '진다면'으로 바꾸어 생각해 보라. 발상의 전환 좀, 쫌, 쫌, 해! 갓 배운 학생한테 '진다면' 얼마나 쪽팔리냐! 그렇게 쪽팔리는데도 수업료 챙길 생각만 하냐? 앙? 재판정까지 오지 않고 자신의 변론술로 학생을 설복시켜 수업료를 받아먹을 정도가 될 때까지 공부 좀 더 해라. 그때까지 폐강해!"

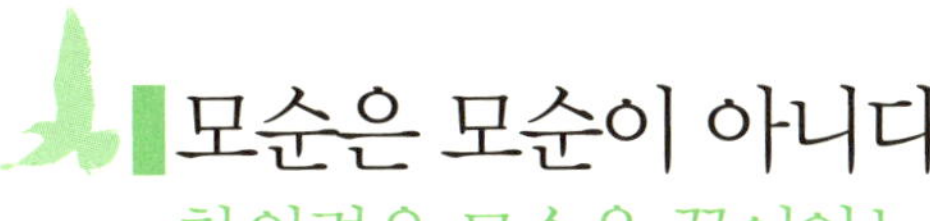

모순은 모순이 아니다
창의력은 모순을 끌어안는 것

우리는 지금까지 고차원적인 이야기를 나누었어. 글쎄요! PO! 정말이지 이건 서구인들에게 아주 고차원적인 말이야. 서구인들이 이걸 머리로 이해는 할 수 있겠지만 평소에 실천하기는 여간 어렵지 않을 거야. 그런데 우리에게는 너무나 쉽지. 이제 좀 더 고차원적인 이야기에 도전해 볼까? 여기 동양에서 가장 유명한 이야기 하나가 있어. 이야기의 앞부분은 누구나 알고 있겠지만, 중요한 것은 새로운 후편! 창의력의 날개가 욱신거리는 것을 느낄 정도로 한 번 훨훨 힘차게 날아보자.

중국 초나라에 창과 방패를 파는 장사꾼이 있었다. 장사꾼은 창을 팔 때 "자, 둘도 없는 보물! 이 창으로 말할 것 같으면,

어찌나 강하고 예리한지 뚫지 못하는 방패가 없습니다!" 하
면서 손님을 끌었다. 그리고 또 방패를 팔 때는 "이 방패로 말
할 것 같으면, 어찌나 단단한지 어떤 창도 막을 수 있습니다."
하고 말했다.

이 말을 들은 구경꾼 하나가 코웃음을 치면서 말했다.

"그럼 그 창으로 그 방패를 한번 찔러보시오!"

창 모矛, 방패 순盾. 이것은 모순矛盾이라는 고사 성어에 얽힌 이야
기야. 창으로 방패를 뚫으면, 그 방패가 "어떤 창도 막을 수 있다"는
말을 거짓말. 방패가 뚫리지 않으면? 그 창으로 "뚫지 못하는 방패
가 없다"는 말은 거짓말. 이처럼 이야기의 앞뒤가 맞지 않는 것을
모순이라고 해.

논리적으로 모순이 되는 두 이야기는 동시에 둘 다 참말이거나
둘 다 거짓말일 수 없어. "이 동물은 오리다."와 "오리가 아니다."
"이 오리는 죽었다."와 "살아 있다." "오리가 여기 있다."와 "여기
없다." 이것들은 서로 모순되는 말이야. 그래서 동시에 둘 다 참이
거나 둘 다 거짓일 수가 없어. 논리적으로는!

그런데 세상은 오묘해서 모순되는 것이 둘 다 참일 수 있어. "신
은 있다."와 "신은 없다."는 서로 모순되는 말. 그런데 두 말이 다 옳
다는 것을 그 유명한 철학자 칸트가 증명했어. 논리적으로 신이 있
다고 해도 참이고, 없다고 해도 참이라는 거야. 그래서 내가 낱말

하나를 만들었지. 신은 "있없다."

개미를 잡아먹는 개미귀신이라는 벌레 봤어? 흉측해 보이는 개미귀신은 우화를 해서 날렵한 명주잠자리가 돼!

*Before-개미귀신

*After-명주잠자리

이 변화가 참 놀랍지? 그런데 우화를 한 후 개미귀신은 없어졌는데, 정말 없어졌다고 할 수 있을까? 개미귀신의 우화에 대해서는 다음과 같이 뭐라고 말해도 좋아.

"개미귀신이 명주잠자리로 바뀌었다."
"겉보기에는 개미귀신이 없어지고 명주잠자리가 생겨났다."
"이름으로만 보면 개미귀신이 죽고 명주잠자리가 태어났다."
"사실상 개미귀신은 죽지도 없어지지도 않았다. 껍데기를 벗고 새로운 모습으로 나타났을 뿐이다."

“시적으로 말하면, 개미귀신이 때를 좀 벗었을 뿐이라고 할 수 있다.”

“보기에 따라, 개미귀신은 죽었으면서 동시에 죽지 않았다고 할 수 있다.”

“개미귀신은 없어졌으면서 동시에 없어지지 않았다.”

“개미귀신은 없으면서 동시에 있다.”

“개미귀신은 있없다.”

위 말들은 모두 참말이야. 논리적인 사람들은 “말도 안 되는 소리!”라고 핏대를 올릴지도 몰라. 그렇게 논리에 얽매인 사람은 창의적인 사람이 될 수 없어. 그리고 아마 세상의 아름다움과 신비함도 느끼지 못할 거야. 다시 창과 방패 이야기로 돌아가 볼까? 세상에서 오직 나 혼자만 알고 있었던 모순 이야기의 후편.

“그럼 그 창으로 그 방패를 한번 찔러보시오!”

논리적인 이 말은 통쾌하게 허를 찔렀어. 그래서 구경꾼들은 장사꾼을 허풍쟁이라고 비웃으며 삼삼오오 흩어졌지. 그런데 딱 한 사람이 떠나지 않았어. 그는 이렇게 생각했지.

“이게 그렇게 말도 안 되는 소리를 할 만큼 정말 좋은 창과 방패인가?”

그는 바로 〈판단 보류〉를 했던 거야. 그리고 창과 방패를 꼼꼼히 살펴보았어. 창의력은 귀신같은 관찰력! 과연 허풍을 떨어도 좋을 만큼 둘도 없는 보물이 맞았어! 그래서 그는 창과 방패를 사서 전쟁터에 나가 이름을 날렸지. 결국 훌륭한 장군이 된 이 사람의 이름은 〈창의〉.

훗날 〈창의〉의 손자가 창과 방패를 물려받았어. 손자의 이름은 〈논리〉. 아니 이런, 〈창의〉가 안타깝게도 후손 교육을 제대로 시키지 못했다는 걸 이름만 봐도 알겠지? 창의력이 있다고 해서 모든 걸 다 잘할 수는 없는 법이라서 말이야. 암튼 자기가 잘난 줄 아는 〈논리〉는 이렇게 생각했어.

"나는 모순을 참을 수 없다! 한 쪽이 참이면 다른 쪽은 거짓이어야만 해!"

그래서 〈논리〉는 있는 힘을 다해 창으로 방패를 찔렀어. 콰악!

어떻게 되었을까? 가능한 결과를 모두 생각해 봐.

그래봐야 몇 가지 안 되지 뭐. 내가 알고 있는 결과는 이래. 방패는 빠개지고 창날은 부러지고 말았어. 장사꾼의 말은 참말이었던 거야. 모순 이야기 전편을 다시 읽어봐. 창은 방패를 빠갰으니 뚫었다고 할 수 있어. 방패는 창날을 부러뜨렸으니 창을 막았다고 할 수 있어. 모순은 결코 모순이 아니었어!

〈논리〉의 실험정신만큼은 높이 사줘야겠지만, 둘도 없는 보물을 박살내고 말았어. 싸움을 일삼는 논리는 이렇게 파괴적일 수 있지.

창과 방패 이야기 결정판.

"그럼 그 창으로 그 방패를 한번 찔러보시오!"

이런 말을 들었을 때 장사꾼이 창의적인 사람이었다면 이렇게 응수했을 거야.

"논리 선생, 선생은 창과 방패가 서로 다른 것이며, 서로 맞부딪혀야 할 원수 사이로 보일 것이다. 껍데기는 가라! 부디 알맹이를 보라! 본질을! 창의적으로! 그러면 이 창과 방패가 서로 다르지 않다는 것을 알 것이다. 비유를 들자면, 이 창과 방패는 똑같은 다이아몬드라고 할 수 있다. 선생이라면 어느 것이 강한지 알아보기 위해 두 다이아몬드를 박치기시키겠는가? 그러면 둘 다 부서질 것이다! 그러나 이 창과 방패를 하나로 사용한다면 천하무적의 위력을 발휘할 것이다."

〈논리〉는 창과 방패를 둘로(**적으로**) 나누어 서로 으르렁거리며 싸우게 했어. 다윈은 지구 생물들이(**특히 같은 먹이를 먹는 종들이**) 서로 밥그릇 쟁탈전을 벌이는 적이라고 생각했어. 천적이 아니라 친족을 적으로 본 거야! 그러나 〈창의력〉은 창과 방패가 하나로(친구로) 어우러지게 해. 마찬가지로 지구 생물들 역시 변화하는(때로 격변하는) 환경과 조화를 이루어 살아가고자 해. 조화를 이루지 못하면 잘 살 수가 없지. 이 창의력의 놀라운 효과를 곰곰 음미해 봐.

창의력은 적을 친구로 만든다

창과 방패가 하나다.
이 말은 다음과 같이 변용할 수 있어.
공격과 수비가 하나다.
안과 밖이 하나다.
너와 내가 하나다. 나는 너다!
천국과 지옥이 따로 있지 않다. 하나다.
논리적으로는 말도 안 되는 이런 말들을 들어본 적 있어? 이 모순된 말들 속에는 동양의 놀라운 지혜가 담겨 있어.

모순은 모순이 아니라는 것, 또는 모순의 어우러짐, 그 속에 동양의 놀라운 지혜가 담겨 있는 거야. 그야말로 최고의 지혜라고 할 수 있지.

〈하나〉에 대한 절정의 지혜를 다음 글에서 실습해 보자. 지혜를 실습해? 그래, 준비물은 종이와 풀, 연필과 가위야.

뫼비우스의 띠
창의력은 경계를 넘나든다

24쪽 「미처 생각지 못한 힘」에서 세계에는 두 가지가 있다고 말한 적이 있어. 내부 세계와 외부 세계. 그런데 실은 하나의 세계가 더 있어. 내부와 외부가 따로 없는 세계! 안팎이 하나인 세계!

안과 밖이 하나인 유명한 물건을 직접 만들어 보자. 물론 익히 알고 있겠지. 뫼비우스의 띠라는 거. 잘 알아도 직접 한번 만들어 봐.

종이에는 앞면과 뒷면이 있어. 어느 쪽을 앞면이라고 하든 아무튼 두 개의 면이 있지. 종이를 말아서 원통형을 만들어 봐. 안쪽 면과 바깥쪽 면, 두 개의 면이 있지? 가위로 종이를 잘라 좀 넓적하고 길쭉한 띠를 만들어 봐. 띠의 양끝을 붙이면 원통형이 되는데, 풀로 붙이기 전에 한쪽 끝을 반 바퀴180도 비틀어서 붙이면 뫼비우스의 띠가 돼.

　이 띠의 가운데를 따라 연필로 죽 선을 그어 봐. 원통형이라면 바깥 면에 긋는 선은 바깥 면만 빙빙 돌고, 안쪽 면에 긋는 선은 안쪽 면만 빙빙 돌지. 하지만 뫼비우스의 띠에서는 안팎을 넘나들어. 안쪽 면과 바깥 면이 하나니까! 선을 그어 확인해 봐.

　이번에는 가운데 선을 따라 가위로 잘라 봐. 원통형을 자르면 두 개의 원통형이 돼. 두 개의 띠가. 그런데 뫼비우스 띠는 가운데를 잘라도 두 개가 되지 않아. 길이만 두 배가 돼. 묘하지? 그건 왜 그럴까? 다음 글을 읽기 전에 잠시 눈 감고 그 이치를 생각해 봐.

　가운데 그은 선을 봐. 반 바퀴 돌려 붙일 때 가운데 선을 중심으로 해서 양쪽이 서로 엇갈려 붙었지? 띠의 중심선 위쪽을 고양이라고 하고 아래쪽을 강아지라고 하자. 띠의 끄트머리 한 쪽은 머리, 다른 한 쪽은 꼬리라고 하자. 이 띠를 180도 비틀어서 붙이면, 고양이가 강아지 꼬리를 물고, 강아지는 고양이 꼬리를 물고 있는 꼴이야. 눈에 선하게 그림이 그려지지?

　중심선을 가위로 자르기 전의 고양이와 강아지 모습을 상상해 봐. 둘이 옆구리를 찰싹 붙이고 나란히 앉아 꼬리 쪽으로 몸을 웅크리고, 자기 꼬리가 아니라 상대의 꼬리를 물고 있어. 중심선을 가위로 자른다는 것은, 찰싹 붙은 고양이와 강아지의 옆구리를 떼어놓는다는 뜻이야. 그러면 서로 상대의 꼬리를 문 채 얽혀 있는 모습이 되지. 그런 식으로 띠는 두 개가 되지 않고 길어지기만 하는 거야. 다만 띠가 꼬여 있지.

이제 고양이와 강아지는 잊어버려. 이것들 가운데를 또 자를 참이니까. 이번에는 둘로 갈라질 수밖에 없어. 떼어놓을 옆구리가 없으니까. 그런데 띠가 둘로 갈라지긴 해도, 서로 분리가 안 되게끔 사슬처럼 맞물려 있어. 띠가 둘이긴 한데, 분리할 수 없이 맞물려 있으니 하나라고 할 수도 있어.

뫼비우스 띠를 처음 자를 때, 중앙을 자르지 않고 3등분을 해서 자르면 또 아주 묘한 모양이 나와. 이것 역시 둘이면서 하나인 띠가 되는데, 직접 한 번 잘라서 확인해 봐.

둘이면서 하나다! 논리적인 사람은 이 대목에서 돌아버리려고 할 거야. "둘이면 둘이고, 하나면 하나지, 둘이면서 하나라니! 말도 안 돼!" 하며 머리를 쥐어뜯을지도 모르지.

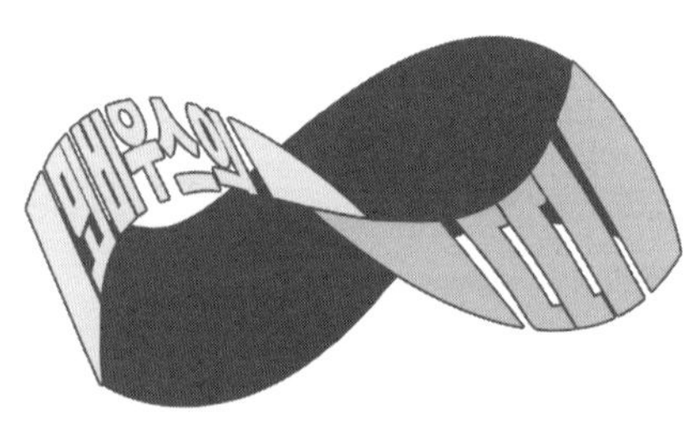

뫼비우스 띠는 독일의 수학자 겸 천문학자인 A. F. 뫼비우스
(1790~1868)가 장난치며 놀다가 만든 거야. 처음에는 놀이 기구로만
쓰였는데 지금은 폭넓게 이용되고 있어. 컨베이어벨트 등 기계용
벨트로 사용하면, 안팎이 따로 없이 양면을 고루 사용하니까 벨트
의 수명이 훨씬 길어지지. 에스컬레이터 손잡이도 뫼비우스의 띠처
럼 만들었다는군. 이중나선형으로 된 DNA도 뫼비우스 띠를 이등
분했을 때의 모양과 같다고 해.

화학자들은 뫼비우스 띠 모양의 분자를 만드는 방법을 연구하고
있대. 그 분자가 분열을 하면 따로 나누어지지 않고 서로 맞물려서
점점 커지기 때문에 뭔가 굉장한 발명품이 될 수 있겠지.

안과 밖이 하나라는 것, 안팎이 따로 있지 않다는 것은 아주 의미
심장한 거야. 그건 이쪽과 저쪽, 이것과 저것이 하나이고, 천국과
지옥이 하나라는 것과 같아. 말도 안 된다고?

『장자』「제물론」편에 이런 말이 나와.

"저것은 이것에서 나오고, 이것은 저것에서 비롯한다. ……삶이
있어 죽음이 있고, 죽음이 있어 삶이 있다. ……이것이 저것이며,
저것이 이것이다(파출어시彼出於是 시역인피是亦因彼 ……방생방사方生方死 방사방
생方死方生 ……시역피야是亦彼也 피역시야彼亦是也)."

어떤 사람이 지옥을 구경하게 되었다. 사람들 손에 숟가락이

붙어 있는데, 숟가락이 너무 길어서 밥을 떠서 입에 넣을 수가 없었다. 지옥 사람들은 숟가락을 쓰지 못해 다들 쫄쫄 배를 곯고 있었다. 이번에는 천국을 구경했다. 천국에서도 긴 숟가락이 손에 붙어 있기는 마찬가지였다. 지옥과 다른 게 하나도 없었다. 그런데 천국에서는 여러 사람들이 사이좋게 다른 사람에게 밥을 떠먹여 주고 있었다.

손에 붙은 숟가락으로만 밥을 먹어야 한다는 설정이 좀 엉성하지만, 지옥과 천국이 따로 있지 않다는 그 뜻만큼은 아주 심오한 유머야. 똑같은 곳이 마음먹기에 따라 지옥이 될 수도 있고 천국이 될 수도 있어.

세익스피어의 희곡 『햄릿』 2막 2장에서 덴마크의 왕자 햄릿은 덴마크 왕실로 찾아온 어릴 적 친구 로젠크란츠와 길덴스텐을 맞이하며 이렇게 말해.

나의 훌륭한 친구들 아닌가! 어떻게 지냈나, 길덴스턴?
아, 로젠크란츠! 잘들 왔네. 두 사람 다 잘 지냈나?
……도대체 자네들은 무슨 연유로
운명의 여신의 손에 떠밀려 이런 감옥에 왔단 말인가?
이런 말에 친구들은 깜짝 놀라지. "감옥"이라니? 놀란 친구들에게 햄릿은 "덴마크가 감옥"이라고 말해. 사실 온 세상이 감옥이지만, 덴마크만큼 지독한 감옥도 없다고 말하는 거야.

"그럴 리가 있겠습니까, 전하." 라고 말한 로젠크란츠에게 햄릿은 이런 심오한 말을 해.

"자네에겐 감옥이 아니다 이건가? 하긴, 좋고 나쁜 게 따로 있는 것이 아니라 생각하기 나름이지. 그래서 내게는 감옥이라네. Why, then, 'tis none to you; for there is nothing either good or bad, but thinking makes it so. To me it is a prison."

좋은 것과 나쁜 것이 따로 있지 않다! 이것은 저것이고, 저것은 이것이다. 선악이 실은 하나다! 생각하기 나름, 마음먹기 나름이다!

17세기의 리처드 러블레이스는 감옥에 갇힌 채 연인에게 바치는 이런 시를 썼다고 해.

돌담을 두른다고 감옥 되고
쇠창살 두른다고 철창 되나요.
마음이 순수하고 고요하면
그 어디든 암자가 됩니다.
내가 사랑 안에서 자유롭고,
마음속 깊이 자유롭다면.

감옥에 갇혀 있다 해도, 마음이 자유롭다면 그건 감옥이 아니라고, 차라리 호젓하고 고요한 암자라고 러블레이스는 노래하고 있어.

햄릿은 감옥이 아니라 호화찬란한 왕궁에 살면서도 자기가 감옥에 갇혀 있다고 말하는데, 러블레이스는 감옥에 갇혀 있으면서도 결코 감옥에 있지 않다고 노래하고 있으니, 참 묘하지?

세상 모든 것은 마음먹기에 달려 있다는 것! 불교에서는 이걸 한 자말로 일체유심조一切唯心造(모든 것은 오로지 마음이 만들어낸다)라고 해.

마음가짐을 바꾸면 삶이 바뀌고,
세상이 바뀐다는 것!
이것이 바로 진정한 창의력의 힘.
창의력은 생각을 뒤집고,
마음가짐을 바꿈으로써 세상을 바꿔나가는 것!

『까라마조프 씨네 형제들』에서 조시마 신부는 이런 말을 해. "사랑할 수 없는 괴로움이 곧 지옥Hell is the suffering of being unable to love"이라고. 천국과 지옥이 따로 있는 것이 아니라, 사랑을 하지 못하게 될 때, 마음이 괴로울 때, 그곳이 바로 지옥이 된다는 거지.

창의력은 지옥을 천국으로 만든다

인생은 괴로움의 바다 —석가모니

"우정을 믿고 항해해. 창의력을 믿고!"
Sail on friendship, sail away.
Sail on creativity, sail away.

창의력은 날로 새로운 삶을 사는 것

35세의 나이에 죽은 음악의 대천재 모차르트는 죽기 5년 전쯤 아버지에게 이런 편지를 보냈어.

죽음은 우리 삶의 진정한 목적입니다. 그래서 저는 인간의 훌륭하고 충직한 이 친구와 둘도 없이 친해져서, 죽음의 이미지를 떠올려도 섬뜩하기는커녕 그지없는 평화와 위안을 느껴요. ……죽음은 참된 행복의 열쇠라는 것을 깨우칠 기회를 주신 하느님께 감사드립니다. 밤에 잠자리에 들 때면 (저는 아직 젊지만) 항상 다음 날 동이 트기 전에 제가 이 세상에 없을지도 모른다는 생각을 해봅니다. 그렇다고 해서 내가 시무룩하다거나 우울하다고 말할 사람은 아무도 없을 거예요. 이처럼 마음이 행복한 데 대해 날마다 신에게 감사드리고, 우리 인간들 모두가 나와 같은 행복을 느끼기를 진심으로 바랍니다.

"Death is the true goal of our life." 죽음이 삶의 참된 목적이라는 말이 이해가 돼? 이건 물론 자살하자는 게 절대 아니야. "Death is the key to our true felicity." 죽음이 참된 행복의 열쇠라는 건 또 무슨 소리일까?

불교에서 윤회를 가르치지만, 고대 그리스에서 널리 믿은 종교(미스테리아 신앙)도 죽음은 더 완전한 형태로 재탄생하기 위한 변화일 뿐이라고 가르쳤어. 모차르트가 열렬히 활동했던 프리메이슨이라는 비밀결사에서도 그런 믿음을 가르쳤다네? 심지어는 그리스도교에서도 죽음을 이렇게 가르치고 있어. "밀알 하나가 땅에 떨어져 죽지 않으면 한 알 그대로 남아 있고, 죽으면 많은 열매를 맺는다."(요한복음 12:24)

어렵게 생각할 것 없이 재미난 유머 하나 들어 봐.

어떤 사람이 골동품 가게에서 두리번거리다가 꽤 오래된 도끼 하나를 발견했다.
"이건 정말 골동품 도끼로군요."
"조지 워싱턴이 쓰던 겁니다." 주인이 자랑스레 말했다.

"그렇게 오래됐다니 정말 굉장한 도끼로군요."

"암, 그렇고말고요. 그동안 손잡이를 세 번이나 갈아 끼웠고,

날은 두 번이나 바꿨죠."

논리적인 사람은 이 도끼가 어떻게 조지 워싱턴(미국의 첫 대통령)이 쓰던 원래의 도끼냐고 따질 거야.

물론 이 도끼의 변신은 개미귀신이 명주잠자리로 변하는 방식과 좀 다르지. 그렇다고 해도 이 도끼에는 추억과 문화가 깃들여 있어. 그리고 무엇보다도, 이야기가 살아 숨 쉬고 있지. 그런데도 조지 워싱턴의 도끼가 싹 사라졌다고 생각한다면, 그건 문화와 전통이 무엇인지, 시가 무엇인지 전혀 모르는 거야. 아마 그리움이 무엇인지도 모를걸?

사라졌다고 해서 사라진 것이 아니고, 죽었다고 해서 죽은 것이 아니다! 관점을 바꾸면 그것은 새로 태어난 것이다!

여기 흥미로운 현상이 하나 있어.

그리스도교를 믿은 사람들은 죽으면 천국에 간다고 하지? 그들은 천국에 가기를 소망하는 사람들이야. 그래서 마침내 죽어서 천국에 가게 된다면 더없이 좋은 일이야. 맞지? 그러니 그리스도교를 믿은 사람이 죽으면 슬퍼할 게 아니라 다 같이 즐거워해야 마땅해. 그런데 즐거워하는 사람이 하나도 없어!

느닷없는 사고로 참혹하게 죽은 것도 아니고, 살만큼 살다가 죽어도 다들 슬피 울어. 병으로 괴로워하다가 마침내 죽어서 더 이상 고통이 없고 기쁨만이 있다는 천국으로 떠났어도 슬퍼해. 이것 참 이해할 수 없는 일이잖아? 사랑하는 사람이 지옥으로 간다면 우는 것도 당연하겠지만, 천국으로 간다면 노래하고 춤을 춰야 마땅하지 않을까? "우리도 곧 갈 테니까 먼저 터 잡아 놓고 기다리세요!" 하면서 덩실덩실 신나게 춤이라도 춰야 할 것 같은데 그러는 사람이 없어. 대체 왜 그러는 걸까? 믿음이 약해서 그런 걸까?

그리스도교를 믿지 않고 동양의 지혜를 지닌 사람 역시 죽음을 슬퍼할 이유가 없어. 동양의 지혜에 따르면, 죽음이란 개미귀신이 명주잠자리가 되는 것과 같아.

개미귀신을 계속 가까이 두고 싶은 〈욕심〉을 가진 사람이라면 슬플지도 몰라. 명주잠자리가 되어 날아가 버렸으니까. 마찬가지로 누가 죽었을 때 슬피 우는 것은, 죽은 사람 생각은 눈곱만큼도 하지 않고 제 욕심에 겨워 우는 것인지도 몰라. 누군가 죽어서 더 잘됐다면 결코 슬퍼할 일이 아니잖아? 축하하며 즐거운 잔치판을 벌여야 마땅한데 그러는 사람이 하나도 없지.

"말도 안 되는 소리 좀 작작해라! 사람이 죽었는데 무슨 잔치야!"

동감이야?

여기 진짜 흥미로운 이야기가 또 있어.

마음이 통하는 세 사람이 만나 각별한 친구가 되었다. 얼마 후 한 친구가 죽었다. 공자가 그 말을 듣고 제자인 자공을 보내 장례를 돕게 했다. 그런데 자공이 가보니 두 사람이 악기를 연주하며 흥겨운 노래를 부르고 있었다. 그래서 자공이 물었다.

"죽은 사람 앞에서 노래를 부르다니, 예의에 어긋나지 않습니까?"

그러자 두 사람이 빙그레 웃으며 말했다.

"자네는 예의가 무엇인지 모르는군."

『장자』라는 책에 나오는 이야기야. 두 친구가 말한 예의란? 사랑하는 친구가 먼저 더 좋은 곳으로 갔으니 축하해 주기 위해 노래하고 춤을 추어야 예의에 맞는 일이다! 과연 그렇지?

예를 들어 정말 기가 막히게 좋은 일이 생겼는데, 누가 앞에서 펑펑 울면서 "아이고, 아이고 슬퍼라! 아이고 안됐네!" 한다면 정말 열 받지 않을 수 없지. 열 받지는 않더라도 어처구니가 없겠지? "정말 잘됐어! 축하 노래라고 한 곡 뽑아줄까?" 이래야 자연스럽잖아? 그렇다고 초상집에 가서 "아이고 잘됐네! 정말 좋겠네!" 하며 춤을 추라는 말은 아니니까 오해하지 마. 죽은 사람이 혹시 지옥에 갔을지도 모르는 일이잖아? 앞에서 말한 세 친구라면야 춤추는 걸 아주 흐뭇해하겠지만!

세 친구의 〈관점〉을 이해할 수 있겠어? 사랑하는 사람이 죽었을 때 노래하고 춤을 출 수 있다! 이런 〈관점〉을 제대로 이해했다면 앞으로 그 어떤 고정관념이라도 깨뜨리고 창의적인 발상을 할 수 있을 거야. 죽음은 당연히 슬프거나 무서운 것이라는 고정관념. 이것은 최후의 고정관념이라고 할 수 있어. 고정관념은 창의력의 감옥!

자, 우리의 이야기도 이제 막바지에 이르렀어. 모순은 모순이 아니다. 창과 방패가 하나다. 이것은 저것이다. "죽음은 새로운 탄생이다!" 그러니 죽음이 삶의 진정한 목적이고, 참된 행복의 열쇠일 수 있는 거야. 이러한 지혜에 눈을 떴다면 과거의 자기 자신은 이제 죽었다고 할 수 있어. 물론 죽었는데 죽지 않았지. 온건하게 말하면, 확 달라진 거야! 죽음도 그렇게 달라지는 것일 뿐이야.

창의적인 사람은 날마다 새로운 삶을 살려고 해. 날마다 새로운 삶을 살려면 날마다 죽어야만 해. "죽어야 산다." 이 역설적인 말에도 지혜가 담겨 있다는 걸 알겠지?

물론 진정한 죽음이란 더 높은 차원으로 올라가는 것이야! 이 책의 앞머리 이야기를 아직도 기억하고 있는지 몰라. "나는 간절히 태어나고 싶어 했다!"는 것 말이야. 왜 그렇게 태어나고 싶어 했을까? 그건 새롭게 태어난다는 것이 바로 삶의 본능이고 목적이기 때문이야.

중국 은나라의 첫 임금인 탕왕의 세숫대야에는 다음과 같은 말이 새겨져 있었다.

"진실로 새로워지려면, 하루하루를 새롭게 하고, 또 날로 새

롭게 하라!"

날로 새롭다는 것! 새롭게 태어난다는 것!
그것은 삶의 본능이고 목적!
그러한 삶의 목적은
창의력을 발휘할 때만 달성될 수 있다.
창의력은 날로 새로운 삶을 사는 것!

부디 독자 여러분의 삶이 날로 새롭기를! 제3의 눈이 날로 빛을
더하기를! 창의력이 용솟음치기를!

탕지반명왈 구일신 일일신 우일신
湯之盤銘曰 苟日新 日日新 又日新
탕의 반명에 갈오되 진실로 나래 새롭거든
나날 새로이 하고 또 날로 새로이 하라.

On the bathing tub of t'ang, the following words were engraved :

"if you can one day renovate yourself, do so from day to day.

yea, let there be daily renovation." (James Legge's translation)

창의력 정의 모음

- 창의력은 보물찾기.

- 창의적인 사람은 좋은 기회를 붙잡을 수 있는 준비가 된 사람.

- 고정관념은 창의력의 감옥.

- 창의력은 관점 바꾸기.

- 창의력은 생각지 못한 힘을 발견하는 것.

- 창의력은 보이지 않는 것을 보는 능력.

- 최악의 상황을 최고의 기회로 만드는 것, 그게 바로 창의력의 위력.

- 창의력은 보이지 않는 것을 보는 능력.

- 창의력은 새로운 길을 찾는 것.

- 창의력을 기르려면 남들이 뭐라 하든, 자기 생각을 가져야 한다.

- 창의력은 융통성 있고 유연한 사고방식!

● 창의력을 발휘해서 최악의 상황을 최고의 기회로 만드는 것!

  불행을 행복으로 바꾸는 것! 소망하는 삶을 사는 것!

  이것이야말로 창의력의 최고 목표.

● 긍정적인 사고방식은 창의력의 젖줄.

  "나는 뭐든 해낼(알아낼) 수 있다!"

● 창의적인 사람은 놀림당하는 것을 겁내지 않는다.

● 뚱딴지가 창의력은 만점.

● 자유로운 정신은 창의력의 원동력.

● 창의력에 눈뜬 사람은 가끔 다른 사람인 것처럼 자기 자신을 살펴본다.

● 창의력은 소중한 것을 발견하는 것.

● 소중한 것들의 발견, 이것이야말로 진정한 보물찾기.

● 창의력은 입체적인 사고력.

● 창의력은 실험 정신.

● 창의적인 사람은 섣불리 주관적인 판단을 하지 않는다.

● 창의력은 인간을 인간이게 하는 것.

● 존재 가치와 목적을 만들어가거나 발견하려면?

  무엇보다도 창의력이 필요하다!

● 창의력은 삶의 기적에 눈이 휘둥그레지는 것.

● 창의력은 악어와 노는 것.

● 창의력은

  알고 싶어 하는 것

더 깊이 파고드는 것

두 번 보는 것

냄새를 귀로 듣는 것

고양이의 말을 알아듣는 것

어디엔가 도착하는 것

어딘가에서 빠져나오는 것

들여다보기 위해 구멍을 뚫는 것

태양에 플러그를 꽂는 것

모래성을 쌓는 것

자기 목청으로 맘껏 노래하는 것

내일과 악수하는 것　　　　　　　　　　　　　　　**-엘리스 폴 토랜스**

- 창의력은 악어와 벗하는 것. 때로는 뱀파이어, 때로는 모기와 벗하는 것.

- 창의력이 뛰어난 사람은 제3의 눈을 뜬 사람.

- "싫다!"는 마음을 "좋다!"는 마음으로 뒤집을 수 있으면 창의력은 만점!

- 창의적인 적극적 마인드-성장과 발전에 도움이 된다면 얼마든지
  고생을 해도 좋다!

- 창의력은 적극적인 도전정신.

- 적극적인 도전정신이야말로 창의력의 젖줄!

- 창의력은 문제 해결 능력.

- 상상은 창의력의 유모.

- 창의력은 실수와 실패를 통해 배우는 것.

- 창의력은 무한한 잠재력을 일깨우는 것.

- 창의적인 사람은 시간을 창조한다.

- 폭넓은 경험 역시 창의력의 젖줄.

- 사랑과 관심의 불꽃이 창의력을 지핀다.

- 편안하기만한 삶보다 불편한 삶이 무한한 가치를 지니고 있다는 역설적인 사실! 이 역설을 깨달을 때 비로소 창의력이 부쩍부쩍 자라서, 장차 자신의 잠재능력을 마음껏 발휘하게 될 것이다.

- 창의적인 사람은 편안함이 아니라 불편함을 즐긴다.

- 창의력은 미지의 세계에 도전하는 것.

- 고독은 창의력의 친구.

- 창의력은 외딴 섬들과 별들 사이를 이어주는 이 시대의 막배.

- 창의력은 신비의 세계에서 어슬렁거리는 것.

- 창의력은 괴로움을 후벼 파서 코딱지로 만드는 것.

- 꿈은 창의력의 날개.

- 창의력은 아이가 어른을 낳는 것.

- 창의력은 또 보물찾기! 아니, 보물 창조!

- 창의력은 비밀의 화원.

- 유머는 창의력의 배꼽.

- 창의력은 관심의 불꽃.

- 창의력은 개방성, 유연성, 다양성. 창의력은 조화를 이루는 것.

- 창의력은 잘 사는 길!

- 경쟁은 한정된 밥그릇 싸움. 창의력은 밥그릇을 늘린다.

- 창의력은 믿음을 상실한 시대의 어둠을 밝혀줄 서치라이트.

- 창의력은 끝없는 관심과 호기심.

- 창의력은 낯설게 바라보는 것.

- 창의력은 낯익은 것에서 신비를 발견하는 것.

- 창의력은 진실의 창.

- 혼탁한 정신, 그건 창의력 도살장! 또는 무덤!

- 창의력은 풍부한 감수성.

- 창/의/력/은 아/름/다/움/을 발/견/하/는 것.

- 창의력은 꽃에게 나이를 묻는 것.

- 창의력은 아름다움과 신비함, 그리고 감사함을 느끼는 것.

- 창의력은 날마다 보물찾기.

- 창의력은 홍익인간의 활주로.

- 창의력은 인간의 존재 이유.

- 창의력은 사소하고 작은 것의 가치와 아름다움을 발견하는 것.

- 관찰력이 예리해질 때 창의력도 예리해진다.

- 창의력은 귀신같은 관찰력.

- 창의력은 있는 그대로, 낯설게, 거리를 두고, 초월해서,
  사랑으로 바라보기.

- 다양하고 풍성한 느낌은 창의력의 모유!

- 창의력은 소원을 이루는 뒷심.

- 창의력은 재미를 발견하는 것. 재미란 관심을 기울이면 기울일수록, 배우면 배울수록 깊어지는 것!

- 창의력은 연꽃 속의 보석.

- 창의력은 불행을 행복의 원천으로 삼는다.

- 창의력은 진리의 깊은 맛을 음미하는 것.

- 창의력은 삶의 진창에서 꽃을 피우는 것.

- 창의력은 껍데기를 깨고 나오는 것.

- 최고의 창의력을 발휘하려면 탐욕과 어리석음을 떨쳐버려야 한다.

- 창의력은 아름다운 뒤집기.

- 창의력은 삶의 알맹이.

- 다양하고 새로운 관점은 창의력의 어머니이자 아들.

- 창의력은 발상의 전환.

- 창의력은 모순을 끌어안는 것.

- 논리는 모순을 물리친다. 그러나 창의력은 모순을 포용한다. 그래서 창의적인 사람은 무적의 창과 방패를 양손에 나눠 쥔 사람과 같다!

- 창의력은 적을 친구로 만든다.

- 창의력은 경계를 넘나든다.

- 마음가짐을 바꾸면 삶이 바뀌고, 세상이 바뀐다는 것! 이것이 바로 진정한 창의력의 힘. 창의력은 생각을 뒤집고, 마음가짐을 바꿈으로써 세상을 바꿔나가는 것!

● 창의력은 지옥을 천국으로 만든다.

● 날로 새롭다는 것! 새롭게 태어난다는 것!

  그것은 삶의 본능이고 목적! 그러한 삶의 목적은 창의력을 발휘할

  때만 달성될 수 있다. 창의력은 날로 새로운 삶을 사는 것!

뒤풀이–선생님과 학부모를 위하여

1. 창조성: 개념의 역사

※『미학의 기본 개념사』W. 타타르키비츠 지음, 손효주 옮김, 미진사, 1995에서 간추림.

창조성creativity은 서구에서 19세기 이전만 해도 신만의 고유 속성이었다.

고대 그리스 시대에는 "창조하다"나 "창조자"에 해당하는 용어가 아예 없었다. 만들다포이에인poiein라는 말로 충분했던 것이다. 그런데 화가와 조각가 같은 아티스트는 작품을 만드는 것이 아니라 모방하는 존재로 여겨졌다. 아트art를 모방하는 기술로 여긴 것이다. 시인만은 예외적으로 "만드는 사람포이에테스poietes이라고 불렸다. "창조"라는 말도 없었으니 플라톤은 조물주를 세계의 창조자가 아닌 세계의 건축가로 이해했다.

로마 시대에는 만든다는 말 외에 창조한다는 말이 있었다. 그리스도교가 확산되자 근본적인 변화가 일어나서, 창조creatio는 무로부터 창조하는 신의 행위를 뜻하게 되었다. 창조는 "무nothing로부터" 이루어진다는 생각 때문에, 중세까지도 예술은 창조와 전혀 무관한 모방에 지나지 않는 것으로 여겨졌다. 중세에는 심지어 시까지도 일종의 기술로 여겨졌다.

변화가 일기 시작한 것은 르네상스 시대였다. 그러나 창조는 "무로부터" 이루어진다는 생각 때문에 예술을 창조로 보지 못하고 온갖 용어를 끌어들여 묘사했다. 예를 들어 예술가는 작품을 생각해내는 자, 고안해내는 자, 생산해내는 자 등으로 이해된 것이다. 미켈란젤로는 예술가를 모방자 아닌 상상력을 실현시키는 자라고 보았다.

17세기에는 시인이 시를 "새롭게 창조한다"고 과감하게 주장하는 사람이 한 명 등장했다. 하지만 그건 시뿐이었고 다른 예술은 여전히 모방의 산물인 것으로 보았다. 17세기 말에는 화가까지 창조자로 보려는 시도가 나타났다. 그러다 18세기 들어 창조성의 개념이 예술 이론에 빈번하게 등장하게 되었다. 그러나 예술을 "무로부터의 창조"와 비교한 것일 뿐, 창조로 본 것은 아니었다.

19세기 들어 비로소 예술은(예술만) 창조로 인식되기 시작했다. 시인을 비롯한 예술가가 창조자로 인정된 것이다. 그럴 수 있었던 것은 "무로부터"라는 단서가 떨어져 나갔기 때문이다. 이제 "새로운 것을 만들어내는 것"을 창조로 보게 되었다.

20세기에는 예술만이 아니라 과학, 기술, 정치, 경제, 사회 등 각 부문에서도 창조성이 인정되었다. 창조성이 매우 넓은 영역을 가진 개념이 된 것이다. 창조성을 가장 잘 드러내는 것은 "새로움novelty"이다. 특히 예술의 경우, 과거에는 아름다움 없이는 예술도 없다고 생각했는데, 이제는 창조성(새로움) 없이는 예술이 되지 않는다고 생각하기에 이르렀다.

창조성은 역사의 과정을 거치며 의미가 변화되어 왔는데, "창조성이라는 표현 자체는 의미가 아직도 모호하다. 그렇지만 창조성의 개념을 없앨 이유는 없다. ……예술을 군대에 비유하면, 창조성은 칼이나 총과 같지 않고, 군기軍旗와 같다고 할 수 있다. 군기는 군대에서 꼭 필요한 것으로, 의식에는 반드시 있어야 하며, 심지어는 전시에도 때때로 필요한 것이니 말이다."

2. 창의력의 필요성

창조성이 깃발 같다고? 타타르키비츠의 이 "비유"는 적절치 않다고 봅니다. 예술이 군대라면, 창조성은 "군기軍旗"가 아니라 "군기軍氣"와 같습니다. 『전쟁의 역사』에서 몽고메리는 전쟁에서 승리를 보장하는 단 하나의 가장 큰 요인으로 "군인의 사기"를 꼽았습니다. 군인의 사기, 곧 군기軍氣가 전쟁의 승패를 좌우한다면, 오늘날 예술 작품의 성패를 좌우하는 것은 작가의 "창조성"입니다.

창조성, 곧 창의력이 있는 인재를 길러야 한다는 데 대해 동의하지 않는 사람은 아무도 없을 것입니다. 누구나 창의력의 필요성을 인정한다는 뜻입니다. 예술, 과학기술, 발명 등의 분야에서는 두 말할 필요 없이 창의력이 필수라는 것을 누구나 인정합니다. 국가 경쟁력이나 기업 경쟁력을 높이기 위해서도 필수입니다. 무한경쟁 사회라고 일컬어지는 현대에 남다르게 출세를 하기 위해서도 꼭 필요합니다. 그런데 소시민의 일상생활에서는 어떨까요? 창의력이 필요할까요?

이 점에서 의식의 전환이 일어나야 한다고 봅니다. "창의력이 있는 인재"라는 말은 어쩐지 소수 엘리트를 가리키는 말로 들립니다. 그렇다면, 그런 인재를 기르는 교육은 소수 엘리트 육성 교육이 됩니다. 이런 의식 아래서는 창의력 교육이 심하게 왜곡될 수 있습니다. 속칭 영재 교육이 되어버리는 것입니다.

창의력 교육은 영재교육이 아니고, 영재교육이 될 수도 없고, 되어서도 안 됩니다.

창의력은 먼 옛날에도 모든 사람에게 필요했고, 오늘날에는 더욱 절실히 필요하게 되었다는 것이 제 생각입니다. 소수 엘리트가 아닌 모든 사람에게! 이것이 중요합니다. 지극히 평범한 개인의 일상 생활에서도 항상 창의력이 필요하다는 이야기입니다.

예를 들어보겠습니다.

의식하지 못하겠지만, 우리는 쇼핑을 할 때도 창의력을 발휘합니다. 더구나 인터넷 쇼핑을 하게 되면, 엄청난 창의력을 발휘하지 않을 수 없게 됩니다. 상품의 바다에서 어떻게 원하는 것을 찾을 것인가? 이건 정말 대단한 창의력의 모험이 아닐 수 없습니다. 수많은 선택의 갈림길 앞에 서게 되는데, 낯선 이 선택의 정글을 헤쳐 나가는 능력을 창의력이라고 하지 않으면 뭐라고 해야 할까요?

아이를 기를 때는 어떨까요? 아이의 마음을 읽고, 마음을 다독이고, 럭비공처럼 어디로 튈지 모르는 행동에 대처하고, 행동을 유도하고, 아이에게 수많은 것들을 요령 있게 가르쳐야 합니다. 창의력 없이 이것이 가능할까요? 아이에게 먹일 요리를 할 때는 분명 일류 요리사 뺨치는 창의력을 동원할 것입니다.

복잡다단한 관계 속에서 복잡한 업무를 처리해야 하는 직장인은 말할 것도 없을 것입니다. 그런데 환경미화원은 어떨까요?

미국의 병원 청소부 이야기를 들은 적이 있는데, 그들에게는 수십 가지 근무수칙이 있다고 합니다. 한 청소부가 휴게실에서 진공청소기를 돌려야 하는데, 거기서 잠든 환자 보호자들을 보고는 수칙을 어기고 청소를 하지 않았습니다. 복도 물걸레질을 두 번 해야 하는데, 다리를 다친 사람이 복도에서 조심스레 운동을 하는 걸 보고 미끄러질까 봐 물걸레질을 하지 않았습니다. 이 청소부는 환자와 보호자들에게 늘 "관심"을 기울였고, 그들을 딱하게 여기는 섬세한 "감수성"을 지녔고, 그들을 위해 처벌을 감수하고 수칙을 어기는 "융통성"을 발휘했습니다. 필요할 때는 "자발적/자율적/능동적/적극적으로" 수칙으로 정한 것보다 두 배의 일을 했습니다. 이 청소부의 창의적 인성이 얼마나 아름다운지요.

따라서 소수 엘리트 학생만이 아니라 모든 학생, 모든 사회인, 모든 엄마, 모든 가정주부, 심지어 환경미화원까지도 창의력을 필요로 합니다.

3. 창의력이란 무엇인가?

「창의력 정의 모음」을 보시기 바랍니다.

덧붙여, 창의력은 무에서 새로운 유를 낳는 능력이라고 정의할 수 있습니다. 서양 개념에만 익숙한 사람들은 창의력이 무에서 유를 낳는 것이 아니라 유에서 새로운 유를 낳는 것이라고 정의합니다. 하지만 이는 유생어무有生於無(유는 무에서 나온다)라는 동양철학에 대한 무지의 소치입니다.

타타르키비츠의 창조성 개념의 역사에 따르면 서구에서는 창조가 "무nothing로부터"라는 단서를 떼어버렸다고 말하고 있는데, 엄밀히 말하면 우리말 무無는 nothing이 아닙니다. nothing은 말 그대로 아무것도 없는 것이지만, 無는 무엇인가 규정할 수 없는 something입니다. 그래서 유생어무有生於無라고 한 것입니다.

따라서 서양과 달리 우리는 창의력/창조성/창의성이 무에서 새로운 유를 낳는 능력이라고 자연스레 정의할 수 있습니다. 이러한 정의는 유에서 새로운 유를 낳는 것이 창의력이라는 엉성하고 편협한 정의보다 훨씬 더 적확하고, 더 강력하고 매력적입니다.

4. 창의력이 뛰어난 사람의 특성

틀을 싫어한다. 관심과 호기심이 왕성하다. 개방적이고, 자유분방하다. 사고가 유연하고, 융통성이 있다. 적극적이고, 능동적이다. 자발적이고 자율적이고 독립적이다. 긍정적이고 열정적이다. 쉽게 포기하거나 좌절하지 않는다. 새롭고 복잡하고 다양하고 불확실한 일에 도전적이다. 성취 지향적이다. 모험심이 강하다. 관심과 취미가 다양하다. 자신감이 충만하다. 예술 감각이 있다. 감수성이 예민하다. 상상력이 풍부하다. 독창적이다. 신비한 것에 잘 매료된다. 비유에 능하다. 유머 감각이 뛰어나다. 전체를 볼 줄 안다. 관찰력이 뛰어나다. 직관력과 통찰력이 뛰어나다. 놀이에 몰두하는 어린 아이 같은 데가 있다. 집단 활동보다 개인 활동을 선호한다. 남의 칭찬보다 자기 성취감을 더 중시한다. 자아실현 욕구가 강하다. 독특한 것을 좋아한다. 때로 괴팍한 데가 있다. 사교적인 일에 무관심한 편이다. 부정적이기보다 긍정적이고, 현실적이기보다 비현실적이고, 인습적이기보다 냉소적이고, 논리적이기보다 비논리적이고, 분석적이기보다 종합적이다. 인습이나 권위나 기성관념에 억눌리지 않는다. 성장과 발전에 도움이 된다면 기꺼이 고통을 감수한다…….

창의적인 사람의 인성이 이러한 특성들에 전부 부합한다고는 볼수 없고, 개인과 상황에 따라 다양한 편차를 보일 것입니다. 예컨대 대단히 이타적일 수 있는데, 대단히 이기적일 수도 있습니다.

5. 창의적 교육과 창의력 교육 제안

교육은 결과보다 과정이 더 중요합니다.

학교에서는 수많은 특정 문제를 풀 수 있는 능력이나 지식을 주입 또는 배양시키지만 사실상 그건 중요하지 않습니다. 중요한 것은, 문제에 맞닥뜨렸을 때의 반응과 풀이 과정(지식에 접했을 때의 반응과 습득 과정)입니다. 문제에 대한 관심과 호기심, 도전하고 싶다는 의욕

〈도전 정신〉, 풀 수 있다는 자신감, 쉽게 포기하지 않고 매달리는 집중력, 풀지 못한다 해도 패배의식에 사로잡히지 않고 더욱 도전 의지를 불사르는 성취 지향성, 이런 〈창의적 인성〉을 길러주는 것이 중요합니다.

이 시대에는 지식이 기하급수로 늘어납니다. 한 개인이 배울 수 있는 용량은 매우 제한되어 있는데도, 학교에서 해묵은 지식을 주입하는 데만 중점을 둔다면 시대착오적이 아닐 수 없습니다. 기존 지식은 이내 한물간 지식이 됩니다. 이제 학교에서는 지식을 가르치기보다, 배우는 방법을 가르쳐야 합니다.

교사들은 배우는 방법을 어떻게 가르칠 것인가? 학생들은 배우는 방법을 어떻게 배울 것인가?

그 비결 역시 〈창의적 인성〉에 있다고 봅니다. 학생들은 졸업 후에도 이루 말할 수 없이 많은 것을 스스로 배워야 합니다. 무엇을, 왜, 어떻게 배울 것인가? 이것을 학생들 스스로 결정해야 합니다. 끝없는 배움의 문제를 해결할 수 있는 것은 〈창의적 인성〉밖에 없습니다. 다시 말해서 관심과 호기심, 의욕과 도전 정신, 적극적이고 긍정적인 자세, 자신감, 성취 지향성, 사고의 유연성, 자발성, 자율성, 감수성, 모험심, 이런 〈창의적 인성〉을 갖추는 것이 곧 배움의 기본 토대이자 방법이라고 봅니다.

자전거 타기를 배우는 방법은? 관심과 호기심을 갖고, 자발적, 적극적, 의욕적으로, 도전하고 모험을 하는 것입니다. 예술이나 학문을 할 때도, 연구개발을 할 때도, 직업 훈련을 할 때도 마찬가지일 것입니다.

물론 학교에서는 기본 지식을 가르칠 필요가 있습니다. 그러나 단편적인 지식 주입은 지양하고, 배움의 큰 흐름을 상정한 후, 그 흐름의 동력이 될 수 있는 지식을 교과 내용으로 삼아야 할 것입니다.

예를 들어 시를 배움으로써 감수성을 기르고, 언어에 대한 감각을 기르면, 그것이 더 큰 배움의 동력이 될 수 있습니다. 그런데 학교에서 혹시 시험 문제를 풀기 위해 시를 분석만 하고 있지는 않나요? 그 시를 쓴 시인도 풀 수 없는 문제를 만들어내면서 말입니다.

영어를 가르쳐도 단순 암기시킬 것이 아니라, 그 내용이 감성을 자극하고, 우뇌를 활성화시킬 수 있도록 안배를 할 필요가 있습니다. 무미건조하고 진부한 영문장보다는 될수록 아름답고 뜻깊은 영문장을 읽게 하는 것이 좋을 것입니다.

수학을 가르칠 때는 무슨 공식을 단순 암기시키거나, 기계적으로 문제를 풀게 해서는 수학을 가르치는 의미가 없을 것입니다. 수학 지식 주입에 급급해서도 곤란합니다. 문제 풀이에 관심과 호기심만 갖게 된다면, 그리고 기본적인 지식을 배워 간다면, 수학을 통해 다른 어떤 교과목보다 더 짜릿한 성취감을 쉽게 얻을 수 있습니다. 문제를 풀었을 때의 기쁨 말입니다. 무아지경을 체험할 수도 있고, 대단한 사고력을 기를 수도 있습니다. 그런데 학교에서 수학을 가르치면서 그런 창의적인 측면을 항상 배려하고 있을까요?

암기 과목은 어떨까요? 역사는 정말 재미있는 분야인데, 왜 그걸 암기 과목으로 만들고 마는 것일까요? 암기 과목으로 치부되는 다른 모든 학과목도 마찬가지인데, 천 가지 지식을 무미건조하게 주입하느니, 단 한 가지 지식이라도 매력을 느낄 수 있게 하는 것이 낫지 않을까요? 천 가지, 오만 가지를 암기한들 그게 더 큰 배움의 동력이 될 수 있을까요? 9,999가지 지식 주입을 포기하더라도, 한 가지 지식에 관심과 호기심을 느끼게 하고, 알고 싶게 하고, 더 깊이 다가가고 싶게 하는 것이 천 배, 만 배는 낫지 않을까요?

그렇게 하는 것이 창의적인 교육이고, 창의적인 교육을 계속하면 창의적 인성이 길러지면서 창의력이 저절로 교육될 것입니다.

단순히 등수를 매기기 위한 시험 문제는 사라져야 합니다. 그런 시험 문제를 내는 순간, 학생들은 등수를 올리기 위한 공부를 하게 되고, 죽은 지식을 암기하는 공부를 하게 될 것입니다. 그 과정에서 창의력은 당연히 질식하고 말 것입니다.

창의력 교육을 한다고 하면서 창의력 문제를 풀게 하는 것처럼 어리석은 짓도 없습니다. 학생의 관심과 호기심, 자발적인 의욕이 전제되지 않은 창의력 과제로는 결코 창의력을 기를 수 없고, 테스트할 수도 없습니다. 창의력 문제를 풀게 해서 창의력 교육을 하겠다는 것은, 아이큐 문제를 풀게 해서 아이큐를 늘리겠다는 발상보다도 못합니다. 창의력과 달리 아이큐 지수는 문제풀이 학습으로도 얼마든지 높일 수 있기 때문입니다.

창의력 교육은 한 마디로 창의적 인성을 길러주는 것입니다. 그러기 위해서는 항상 학생들의 관심과 호기심을 부추기는 것이 중요합니다. 어떻게든 〈새로운 관심과 호기심〉에 눈을 뜨게 하는 것이 중요합니다. 독서, 영화를 비롯한 각종 예술 작품 감상, 연극 공연 참여를 비롯한 각종 예체능 활동 기회도 최대한 많이 마련해줌으로써 〈다양성〉에 눈을 뜨게 하고, 자신의 열정을 발견하고, 숨겨진 천재성이 부화할 기회를 마련해주는 것이 중요합니다. 성취감을 느낄 수 있는 기회를 많이 마련해주는 것이 중요합니다. 배움의 기쁨을 느끼게 해주고, 스스로 배우고 싶어 하게 하는 것이 중요합니다. (예를 들어 서머힐에서는 학생들이 스스로 배우고 싶어 할 때까지 3년이고 6년이고 일체 〈수업을 듣지 않을 권리〉를 인정하고 장려합니다.)

오로지 시험을 잘 치기 위한 교육으로 수많은 학생들의 가슴을 멍들게 하고 나락으로 몰아가는 교육은 하루 빨리 그만두어야 합니다.

EBS에서 「공부 못하는 나라」라는 5분짜리 프로그램을 아주 오랫동안, 이 글을 쓰고 있는 지금까지 날마다 반복 방송했는데, 그 내용이 감동적이기까지 합니다. 박성숙의 『꼴찌도 행복한 독일 교육 이야기』를 토대로 한 프로그램인데, 독일 초등학교에서는 주입식 교육을 일체 배제하고, 스스로 깨우칠 때까지 기다려준다고 합니다. 구구단 같은 것도 결코 외우게 하지 않고 스스로 깨우칠 기회를 줍니다. 무엇보다도 전인교육에 중점을 두고 있다는데, 선행학습은 일체 금지하고, 자전거 면허와 수영 인명 구조 자격증, 이 두 가지만은 반드시 따게 합니다. 경쟁을 완전 배제해서 학업 성취도는 세계에서 중하위권이지만, 국가 경쟁력은 세계 4~5위 밑으로 내려가지 않습니다!

인간은 누구나 천재로 태어난다고 합니다. 그런데 자라면서 천재성이 억압되고, 싹이 잘려 버리기까지 합니다. 어떡하면 좋을까요?

창의적 교육 분야의 세계적 리더인 켄 로빈슨은 『엘리먼트적소適所』라는 책에서 이렇게 말합니다. "교육은 개혁reforming이 아닌 탈바꿈transforming을 해야 할 필요가 있다. 탈바꿈의 열쇠는 교육을 표준화하는 것이 아니라 개인화하는 것이다. 그래서 학생들 각각의 개인적 재능을 발견하고, 학생들이 배우고 싶어 하는 환경을 만들어주고, 자신의 참된 열정을 자연스럽게 발견할 수 있는 환경을 만들어주어야 한다."